El grumete de Colón

PUNTO DE ENCUENTRO

Ángel Esteban

El grumete de Colón

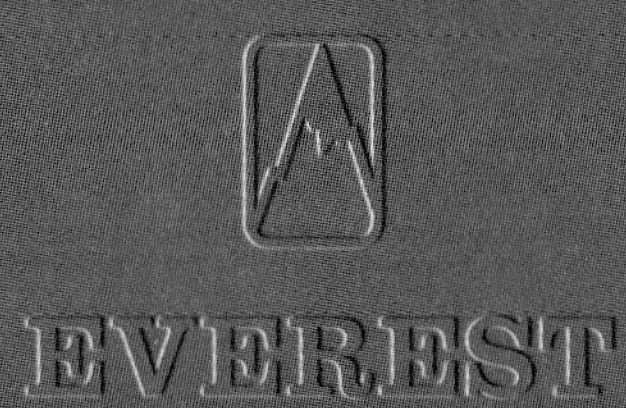

Dirección Editorial: Raquel López Varela
Coordinación Editorial: Ana María García Alonso
Maquetación: Cristina A. Rejas Manzanera
Diseño de cubierta: Jesús Cruz

Carretera León-La Coruña, km 5 - LEÓN
ISBN: 84-241-1298-9
Depósito legal: LE. 112-2006
Printed in Spain - Impreso en España

EDITORIAL EVERGRÁFICAS, S. L.
Carretera León-La Coruña, km 5
LEÓN (España)
Atención al cliente: 902 123 400
www.everest.es

Para Alicia

Esta historia de ficción se inserta en los hechos
históricos que tuvieron lugar con motivo
del primer viaje de Cristóbal Colón a América.
Los datos principales están recogidos de su diario
de a bordo, en la trascripción que de él hizo
Fray Bartolomé de las Casas.

Capítulo I

Algunos recuerdos de mis padres ❦ Cómo llegué al monasterio de la Rábida ❦ Mi vida en él ❦ Fray Gonzalo ❦ La estatua de San Francisco

Mi nombre es Blas y mi apellido Tascón. Nací en la Puebla de Montalbán, que está cerca de la afamada ciudad de Toledo. Pero apenas recuerdo esas tierras, pues al poco de nacer yo, por asuntos de trabajo según parece, tuvimos que trasladarnos cerca de Huelva.

No había cumplido los seis años cuando quedé huérfano. Mi madre murió de fiebres y mi padre no tardó en seguirla hacia los cielos. Tal afirmación la hago en el convencimiento de que los dos eran buenos cristianos, cada uno a su manera... De mi madre apenas si recuerdo su rostro... Sí sus caricias a la hora de dormir, pero no su voz ni sus palabras... porque al parecer era persona callada. De las facciones de mi padre menos aún es lo que recuerdo; tan sólo sus manos grandes y poderosas de cantero, a menudo cubiertas de vendas traspasadas por diminutas manchas pardas. Las observaba muy de cerca porque caían a la altura de mis ojos cuando me reprendía y yo bajaba la mirada atemorizado, pues casi siempre que se dirigía a mí era para reñirme por esto o por aquello, que era su manera de instruirme en los asuntos del mundo. Como cerraba y extendía sus manos al hablar, me parecía que fueran de ellas de las que salían las hirientes palabras. De modo que la idea que tengo de mi madre es la del silencio y una leve caricia en el pelo al acabar el día, y de mi padre sólo unas manos enormes y heridas que me hablaban con severidad. No me importaba el carácter hosco de mi progenitor, sentía verdadera admiración por él. A menudo contemplaba furtivamente las herramientas de su oficio: la maza de hierro, los cinceles gastados, las escuadras de madera... Todo ello bien ordenado en una funda de cuero curtido. Armas poderosas que de caballero se me antojaban, y ciertamente algo parecido eran. Con ellas doblegaba a la dura piedra y se ganaba el respeto de las gentes y también, claro está, los maravedíes con los que nos alimentaba y vestía. Tenía mi padre fama en toda Andalucía de hombre hábil en el oficio de dar forma a la piedra y nunca le faltó trabajo.

Un día pidió prestado un carro tirado por una yegua vieja, me mandó subir a él y emprendimos un viaje. Anduvimos todo un día por caminos que yo desconocía. Al caer la tarde comimos tocino, queso y uvas al abrigo de una encina, luego dormimos al raso sobre unas mantas de lana de las que pacientemente, hilo a hilo, tejía mi madre en las tardes de invierno. No sabía cuál era nuestro destino porque mi padre no me lo había dicho y yo no me atrevía a preguntarle. Tampoco me hablaba, murmuraba palabras que yo no entendía. Puede que estuviera rezando, porque ya he dicho que era buen cristiano. Yo permanecía todo el tiempo con la cabeza agachada, no me atrevía a levantarla, como si hacerlo fuera algo irrespetuoso, pero estaba impaciente porque se desvelara el misterio de tal viaje.

Llegamos hasta una llanura, toda verde, las flores habían brotado impacientes al barruntar la primavera. A lo lejos había una línea difusa y grisácea que quizás fuera el mar, no lo recuerdo bien... Allí, en medio de la soledad, se alzaba una iglesia que me pareció magnífica y majestuosa, a pesar de estar algunos de sus muros aún con los andamios.

Detuvo mi padre la yegua y me mandó bajar del carro. Él iba delante a buen paso, y se paró frente a la construcción, yo me situé a su lado, levantó despacio su mano, herida y poderosa, señaló la iglesia y dijo con voz orgullosa y profunda:

—Las piedras de esos muros están talladas por mí. Fue mi padre el que me enseñó este oficio y yo te lo enseñaré a ti en cuanto crezcas un poco. Algún día tú harás algo así, podrás alimentar a tu familia y te ganarás el respeto de las gentes.

Permanecimos allí sólo unos momentos, el cielo se había cubierto de nubes pardas y se oía el ruido de algunos truenos lejanos y unas gotas de lluvia empezaron a desprenderse del cielo. Al momento emprendimos el viaje de regreso. Mi padre no volvió a pronunciar palabra alguna durante el camino, ni siquiera lo hizo a la yegua, a la que se dirigía con bruscos golpes de brida. Tampoco se dio a las murmuraciones de antes, que quizás fueran rezos.

Pero como decía al principio de mi relato, quedé huérfano muy pronto, y muy huérfano, porque no tenía otros parientes. Mi padre murió aplastado por una piedra al romperse los cáñamos que las elevaban hasta el tejado de un palacio en el que trabajaba. No tuvo tiempo de enseñarme el oficio y con esa pena se marchó al otro mundo. Ya he dicho que mis progenitores eran cristianos temerosos de Dios, y añadiré que mi padre subió más de una vez la colina que lleva hasta el monasterio de la Rábida para hacer, de balde, algún trabajo a los franciscanos que lo habitan, pues él decía que a Dios no se le puede cobrar. Por eso y por la compasión de los hermanos, fui acogido en el monasterio con la esperanza de que alguna familia me tomara como hijo. Pero habían pasado casi dos años y aún seguía entre los entrañables muros de la Rábida. Algunas personas vinieron a verme, pero yo no tenía las trazas de un muchacho fuerte y eso les desanimaba, pues si Dios les daba un hijo enclenque lo soportarían con resignación; pero en lo que a mi caso concernía, la decisión no era divina sino humana y no les convenía tirar piedras sobre sus pobres tejados, que ya bastantes tiraba la vida por sí sola.

De modo y manera que aquel monasterio se convirtió en mi casa y los monjes en mi única familia. Ellos me educaron en la fe de Cristo, me enseñaron a ser humilde, generoso y manso… Y prematuramente a leer y a escribir, y también me instruyeron en latín, aritmética, geometría y botánica; pues decían que tenía yo disposición para el estudio y que si no estaba capacitado para ganarme la vida con mis brazos lo haría con los conocimientos que fueran menester: leyes, administración, humanidades o política… al servicio de algún un noble o en la propia corte de España, pues pensaban que no me faltaban aptitudes para desempeñar cargos de importancia, ni a ellos influencias para procurármelos.

"Que en esta España sobran brazos y faltan cabezas", decía Fray Gonzalo, que era quien tenía asignada mi educación. Fray Gonzalo sabía mucho de todo y era admirado por ello. Era aquel fraile hombre de buen carácter, nunca le vi malhumorado, y sus enseñanzas, aunque prolongadas, no me resultaban tediosas, porque él las hacía amenas y hasta divertidas. Si quería instruirme en la cosa de los cielos subíamos de noche al campanario a contemplar las estrellas; si era de las plantas impartía sus enseñanzas en el campo, y ya aprovechábamos para comer algo bajo la sombra de un árbol... "Que los libros están muy bien, y las palabras de los que saben... Pero es la propia naturaleza la que de verdad nos enseña sus secretos; basta con observarla con atención y ser paciente. El hombre que no está en contacto con las cosas no puede saber de ellas", decía.

Yo me sentía feliz en el monasterio, no quería salir por nada del mundo de aquel lugar en donde estaba seguro y gozaba de cariño; sólo deseaba llegar a ser uno más de la comunidad, vestir aquellos hábitos de paño áspero y oscuro cuando fuera mayor; pero como decía Fray Gonzalo: "El hombre propone y Dios dispone".

En el claustro del monasterio había una estatua de San Francisco de Asís, acompañado de un lobo y un cordero. Siempre me cautivó aquella imagen y me contaban que el fundador de la orden tenía en gran estima a los animales y los llamaba hermanos, sin hacer distinción entre el jabalí y el cordero, entre el halcón y el gorrión. Y muchas fueron las historias que los frailes me relataron de aquel santo fundador de la orden. Llegué a saber de memoria buena parte de sus *Cantos a las criaturas*, en

donde el santo predica a los animales, que decía que no carecían de entendimiento y que estaban, al igual que las personas, dotados de sentimientos y de alma.

Y fui fiel a las enseñanzas de San Francisco de Asís, y tenía yo por mis mejores amigos a gallinas, conejos y gorriones. Y con ellos conversaba como si de seres humanos se tratara, y creo que llegué de verdad a entender el sentido de sus cacareos, sus gemidos y sus trinos. Y más de una vez pasé la noche en el gallinero, o en el establo con las ovejas y vacas, contándoles mis alegrías y mis penas, que nadie está exento por completo de ellas.

Qué felices recuerdos guardo de aquellos días.

Capítulo II

La llegada del señor Colón ❦ Una inquietante promesa

Cierto día al alba, llegó hasta el monasterio un hombre de aspecto cansado y triste; vestía modestas ropas que traían entre sus pliegues el polvo de muchos caminos. Tenía su rostro, a pesar de todo, un aire de orgullo y sus ademanes y su voz eran delicados. No pasaría de los treinta años pero su pelo empezaba a blanquear por las sienes. Traía de una mano a un niño que no pasaba de los cinco años, y con la otra medio arrastraba un baúl viejo de cuero reforzado con tachuelas de bronce.

En la cabeza de aquel hombre se agitaban unas ideas que habían hecho que en Portugal y otros países le tomaran por loco. Se llamaba Cristóbal Colón y decía haber nacido en la ciudad de Génova. Era marino, conocía bien la mar y se jactaba de estar en posesión de secretos que ningún otro hombre conocía. Se proponía emprender un viaje asombroso por los caminos misteriosos de los mares hasta dar con las fabulosas tierras de Catay, la ciudad de Cipango, y el país del Gran Khan. Lugares inciertos mencionados por el viajero italiano llamado Marco Polo. Tierras en cuya existencia, el señor don Cristóbal Colón, creía firmemente. Aquel hombre se expresaba ambiguo y solemne:

"Me abrió Dios nuestro señor, con mano palpable, el entendimiento de que era hacedero viajar a esos lugares y me abrió la voluntad para la ejecución de ello y con ese fuego he venido hasta aquí".

No había querido revelar los detalles de su empresa a extraños, por temor a que otro le robara los méritos. Sólo se confió a Juan Pérez, guardián del convento, y a Fray Antonio Marchena, que entendía de las cosas de la mar y también del cielo y que estaba en el convento de visita por aquellos días. Al parecer no era algo que se pudiera explicar en un momento, ni exento de discrepancia, y hacerse entender le llevó al extranjero varios días. Les espié a los tres furtivamente a través del ventanuco de la estancia donde tenían lugar sus controversias, y observaba cómo discutían señalando rutas sobre mapas y haciendo cálculos sobre un pizarrón. Consultaban libros y documentos...

Finalmente debió el marino genovés de convencer a ambos, y Juan Pérez, que había sido confesor de la Reina, con la que mantenía una muy verdadera amistad, intercedió por él ante los monarcas.

El marino, con sus esperanzas renovadas, partió para ser recibido por Isabel y Fernando, creo que hasta la ciudad de Alcalá de Henares, que era donde residían en aquellos días. Dejó a su hijo, que se llamaba Rodrigo, en el convento y los frailes me encomendaron su cuidado, lo que me llenó de satisfacción pues la única cosa que echaba de menos era un amigo con quien poder jugar, aunque yo fuera mayor que él.

Las majestades de España escucharon al genovés y se sintieron interesados por su proyecto, pero la prudencia les decía que debía ser examinado por hombres competentes que tardaron en dar su veredicto, y Cristóbal Colón lo esperó con paciencia durante mucho tiempo... Como con frecuencia era requerido para aclarar este o aquel punto, tuvo que arreglárselas para procurarse su sustento, y lo hacía dibujando mapas, pues al parecer era diestro en tal oficio.

Finalmente los sabios de Salamanca y Córdoba dictaminaron en su contra, y aconsejaron a los reyes que no atendieran las pretensiones de un visionario, y éstos, haciéndoles caso, desestimaron el proyecto.

Aquello afectó seriamente al ánimo del señor Colón que regresó a la Rábida envejecido y triste por un fracaso que le llegó cuando ya había concebido esperanzas de que sus cálculos serían comprendidos y financiado el viaje por la corona.

—Se dicen sabios ésos de Salamanca y Córdoba, y se rigen por supersticiones. Se han mofado de los relatos de Marco Polo, y consideran que Cipango y las otras tierras por él mencionadas son producto de fantasías, y argumentan que no están reconocidas por Ptolomeo, que les merece más respeto... Me han tratado todos estos años como si fuera un loco. Tenías que haber visto sus cuchicheos ante mis respuestas a sus preguntas. Y hasta me advirtieron que no mencionara a Jesucristo en tal asunto, por ser cosa que sólo concierne al hombre, y que de persistir en mi empeño podría ser acusado de herejía.

—Tened paciencia señor don Cristóbal —le decía Juan Pérez, con su voz sosegada que llenaba de paz a quien la escuchaba. No en vano había sido confesor de la Reina—. Pensad que nuestras majestades se encuentran librando guerra contra el moro y no tienen el sosiego necesario. Cuando se dé la victoria definitiva tal vez reconsideren su decisión.

Pasaba todo el tiempo que podía don Cristóbal Colón con su hijo, curándose de la herida infligida en su orgullo por los sabios reales y, como ya el pequeño Rodrigo y yo éramos buenos amigos, paseábamos con frecuencia juntos los tres por los campos próximos al monasterio. Y por no hablar solo, don Cristóbal Colón lo hacía conmigo, pues los frailes estaban en sus tareas, y así se desahogaba de las penas que tenía dentro, que eran muchas. Y me contaba sus secretos y sus dudas, convencido de que yo no las difundiría. Aquello no era cosa para hacerme sentir orgulloso, pues a menudo también le oía hablar solo. Pero era cierto que me tenía en buena estima y se admiraba porque yo supiera, a mi edad, leer y escribir con corrección, y porque tuviera otros conocimientos que eran difíciles de encontrar, no ya entre los muchachos, sino también entre los mayores. Quizás eso influyera en su trato conmigo.

—Mi querido Blas —me decía—, la decisión de esos sabios está de seguro afectada por esas habladurías de que he ejercido piratería, y que incluso he combatido en otro tiempo contra barcos de España, y hasta sé que me han calumniado con haber mandado alguno a las entrañas del océano. Te puedo asegurar que se trata de patrañas, de lenguas emponzoñadas por la envidia que buscan sólo mi desprestigio. Cuídate, mi querido Blas, de las envidias, que son como dardos envenenados. Sé un hombre sencillo, no te llevarás honores, pero estarás a resguardo de odios.

Me apenaba verle tan triste, y no tenía yo palabras para aliviar su dolor, sólo podía ofrecerle mi silencio y mi atención. Pero no era hombre que se arredrara, sino que se crecía en la adversidad.

—Mi querido amigo, si finalmente obtengo licencia para emprender mi viaje, te llevaré conmigo de grumete. Yo fui grumete siendo aún más joven que tú. Nunca hubo muchacho más feliz que yo en aquellos días. Sentirte rodeado del agua que envidiosa imita el color del cielo, ahora azul, ahora gris como el hierro, púrpura al alba... Y por esos campos infinitos surgen por doquier espumas blancas que son como flores de primavera, que duran un instante... mueren y nacen otra vez. Y en las noches las estrellas llenan todo el cielo. Créeme, mi querido Blas, nada hay tan hermoso como los océanos.

Pero yo no estaba por los asuntos de la mar, y compartía la opinión de Fray Gonzalo que entendía que Dios le había dado las aguas a los peces y no a los hombres, que ellos son de la tierra. "Los barcos", decía "son intrusos en tal mundo, y más vale no corregir lo dispuesto por Dios, que eso es osadía, y no hay peor pecado que ése".

No le tenía simpatía Fray Gonzalo al señor Colón. No le gustaba su proyecto, aunque poco sabía de él. "Dios nuestro señor nos libre de los hombres audaces", repetía.

Hicimos, a pesar de todo, buena amistad el señor don Cristóbal Colón y yo. Él me reveló sus más ocultos secretos, sus sueños y fracasos de marino. Pero no sólo hablaba de esas penas, que también tenía otras heridas aún más profundas que las causadas por la incomprensión de los hombres.

—El pequeño Rodrigo ha perdido a su madre, y los dos estamos huérfanos de su amor. No había mujer más candorosa que ella, ni en España ni en Portugal, ni en Italia ni en parte alguna. Sé que entiendes de lo que hablo, pues también has sufrido esa desgracia, y por partida doble —me decía el marino, con los ojos húmedos.

Se interesó por las ideas de Colón un tal García Hernández, que era experto en filosofías y dominaba la física. Y habiendo concluido la guerra con los moros, que se rindieron en la ciudad de Granada, se apresuró a mandar correo a la reina, pidiéndole que reconsiderara el proyecto de Colón. Y como Isabel le tenía en gran estima y por hombre inteligente y juicioso, desoyendo otras opiniones y muchas injurias sobre el marino de Génova, dispuso de inmediato que se le dieran naves para que emprendiera el viaje, siéndole otorgado a don Cristóbal Colón el título de almirante.

El señor Colón no cabía de gozo al conocer la noticia. Jamás vi a hombre más feliz; era la culminación de un sueño de tantos años. Yo me alegré por él, y confiaba en que tuviera el defecto de no ser cumplidor de sus promesas, o al menos que fuera desmemoriado. Pero ni lo uno ni lo otro: era hombre de memoria prodigiosa y tenía fama ser fiel a su palabra, y quiso dar cumplimiento a lo que tiempo atrás me había prometido. Me buscó empleo de grumete en el gran viaje que proyectaba, y no tardó en comunicárselo a los frailes, advirtiéndoles que yo no estaría sujeto a otras disposiciones a bordo que las que su persona dispusiera, quedando excluido de los trabajos más duros, ello más en virtud de mi corta edad que como pago al cuidado y al afecto que había demostrado yo para con su hijo y por escuchar sus lamentos cuando estuvo afligido. "Que en la mar", decía "no caben privilegios de otra índole". Él no creía que yo fuera un muchacho débil, pensaba y afirmaba que si la vida en el monasterio había fortalecido mi espíritu, la del mar fortalecería mi cuerpo. De modo que ambas experiencias harían de mí un hombre de provecho, y seguro que la industria de la mar ganaría un buen marino.

Tal decisión del almirante fue bien acogida en el monasterio, puesto que veían mi futuro resuelto, menos por Fray Gonzalo, que como ya he dicho aborrecía los barcos y a los marineros y a todo aquello que no fuera de conformidad con lo que a cada uno le había tocado según las disposiciones divinas. Y esa opinión la defendió con acaloramiento en la comunidad, insistiendo en que Dios había dado la tierra a los hombres y las aguas a los peces. Que si fuera de otro modo habría provisto a los hijos de Adán de aletas y escamas, y añadía que buscar otros mundos era cosa contraria a la humildad; que había que ser pobre no sólo por ausencia de riquezas, sino también de espíritu, que así quería Dios a los hombres. Insistió Fray Gonzalo en que yo era despierto para los estudios y que podía tener futuro en tierra firme. Y le llenaba de temor pensar que podía terminar siendo un marinero.

Pero sus argumentos no convencieron a los demás frailes, que estaban seguros que un monasterio no era lugar apropiado para un muchacho, y no era cuestión de desperdiciar tan propicia ocasión ni convenía ser descortés con el señor Colón.

De modo que diéronle las gracias al señor almirante por tal muestra de gratitud y autorizaron que me embarcara con él, reiterándole con humildad que cuidara de mí, sin que eso supusiera un trato de favor.

Fray Gonzalo hubo de abandonar la lucha y resignarse a mi destino… y al suyo, que decía que sin mi presencia el monasterio no sería ya el mismo. Me quería de veras aquel fraile. Y si él estaba afligido, cabe imaginar cómo me sentía yo, que también repudiaba eso del mar, a pesar de no conocerlo. Pero acepté lo dispuesto y procuré que no se notara mi pesar por ser condenado a transitar por caminos de agua durante sólo Dios sabía cuánto tiempo. Yo que no deseaba otra cosa que ser fraile, y me bastaba el monasterio para sentirme en paz, fui arrancado de allí con el propósito de que convertirme en "un hombre hecho y derecho". De modo que, pretendiendo hacerme un favor, el señor don Cristóbal Colón me hundió en la desgracia. Yo, sin embargo, guardándome mis tristezas, me mostré dichoso para no parecer ingrato, ni quitar la alegría a los frailes, que tan satisfechos estaban con mi destino. Intenté engañar a Fray Gonzalo con fingida alegría por embarcarme. Pero no lo conseguí, me conocía demasiado bien y agradeció mi intención.

—Yo sé que tu corazón no es como el de esos aventureros, que eres de buen conformar… pero ya que así se ha dispuesto, obedece en lo que te manden y regresa pronto. No habrá día en que no lance mis rezos a lo alto para que Dios cuide de ti, mi querido Blas.

Como Juan Pérez conociera mi inclinación a llevar los hábitos franciscanos, para darme ánimos me prometió que si tras conocer las cosas de la vida persistía en mi deseo, la comunidad estaría satisfecha de acogerme. Y con aquella ilusión partí, aunque no pude evitar que los ojos se me humedecieran.

—No debes llorar sino sonreír, mi pequeño Blas, pues la empresa que vamos a emprender será, en virtud de su importancia y trascendencia, recordada por generaciones —me dijo el almirante, mientras deslizaba su mano por mi pelo y se inclinaba para poner sus ojos plenos de ilusión a la altura de los míos tristes y llorosos.

—Ahora tal vez me veas como un enemigo, pero andando los años me lo agradecerás. Sé que un extraño no puede ocupar el lugar del hombre que te dio la vida, pretenderlo sería irrespetuoso. Pero déjame ser tu amigo. Bien es verdad que en esta coyuntura ha de prevalecer la jerarquía por encima de otras consideraciones, pero en lo más profundo de mi ser te sentiré como un amigo, desearía que tú me vieras de ese mismo modo, más que como tu capitán.

Yo no entendía el significado de sus palabras. Pero eran dichas con ternura y sinceridad, palabras salidas de lo más profundo de su ser, y eso agitó mi corazón. Decidí entonces que seguiría a aquel hombre hasta el fin del mundo, y no podía imaginar entonces lo cerca que estuve de cumplir aquella promesa.

Me dijo después que habría a bordo otros muchachos, que si no eran de mi misma edad estaban cerca, y que con ellos haría buena amistad.

Siempre he dicho la verdad, pues así me educaron mis padres y luego los frailes, que insistían en que cada mentira es un martillazo en los clavos de Cristo, y yo por nada del mundo infligiría el menor daño a nuestro padre celestial. De modo que cuando Cristóbal Colón me preguntó si tenía miedo de embarcarme, le contesté con un hilo de voz que sí, y esperé sus reproches; pero él, tras unos momentos de silencio dijo:

—El miedo es necesario para que haya valentía. El miedo hace prudentes a los hombres; los valientes son aquellos que han sabido vencer al miedo. Aquel que no siente temor, no puede ser valiente, sólo será un insensato. Dios nuestro señor nos libre de los que no sienten temor.

Y de nuevo sus palabras fueron un bálsamo para mi ánimo, y hasta creo que sonreí.

Fray Gonzalo me preparó un hatillo con un par de camisas y otro par de jubones, y unas sandalias hechas por él mismo, que era maestro en ese oficio, que aprendió de su padre antes de entrar en la orden.

Incluyó también un trozo de pan sin levadura y otro de queso, que aunque el señor Colón había reiterado que iban los barcos bien provistos, él no se fiaba de las palabras de un marino.

Y así dejé el monasterio camino del puerto de Palos, de donde partiríamos.

Capítulo III

La Santa María ❦ La Pinta y la Niña ❦ Al servicio del señor Cristóbal Colón ❦ Los preparativos del viaje

Recuerdo la impresión que me causó ver las naves alzarse majestuosas en el puerto, ansiosas de poner proa a lo desconocido. Nunca antes había visitado un puerto. A la nao capitana le habían puesto por nombre Santa María. Tenía un palo situado en el centro de la cubierta, muy alto y grueso, cruzado por otros dos de los que colgaban grandes velas, la primera de enormes dimensiones: de ella dependía principalmente el barco, con ayuda de los vientos, para moverse por las aguas. Entre esas dos velas estaba la cofa, que es el lugar desde donde los marineros vigilan los mares. Delante de este gran palo había otro más pequeño que soportaba otra vela; el palo de mesana, que está en la popa, tenía una tela de las llamadas latinas que son triangulares. Una vela cuadra, más pequeña, pendía del palo de proa, que servía para la labor de gobierno del barco. La Niña no era tan grande como la Santa María, tenía una sola cubierta y tres palos, todos con velas latinas. La Pinta, de cuatro palos, no pertenecía a los Pinzones, su propietario era otro armador, que emprendía ese viaje con no pocos recelos y eso disgustaba al almirante, que quería una tripulación alegre y esperanzada. Se lamentaba el almirante de no poder haber emprendido viaje desde Cádiz, que consideraba que era más propio, pero este puerto estaba ocupado con los barcos que salían de él sacando a los judíos de España, expulsados por mandato de nuestros reyes Isabel y Fernando. Pero esa circunstancia no quitó esplendor al rostro del almirante que parecía haber rejuvenecido y se movía incansable de un lado para otro, dentro y fuera de los barcos, dando órdenes y comprobando que todo estaba en su sitio y que los planes marchaban según lo previsto. Era un hombre meticuloso, no gustaba de dejar cosas al azar. Que él sabía que los imprevistos serían muchos en un viaje como aquél, de modo que todo aquello que pudiera atajar desde el principio era cosa ganada, y por tal motivo se mostraba con una severidad desconocida.

Había en el puerto una gran agitación: comerciantes que traían sus productos para los barcos; un carromato convertido en taberna donde se vendían vino y sopas; mendigos que exhibían sus taras y pedían limosna; gitanas que leían el destino de los hombres en los surcos de la piel de sus manos... En una tienda hecha de telas, madera y cañas, en cuya entrada había un estandarte con las enseñas reales, se elegían los últimos marineros para completar el número previsto, que pasaba de ciento veinte entre las tres naves. Habían acudido gentes de muchas partes de España enterados de la expedición con el ánimo de ser admitidos, que si bien ignoraban cuál era el destino de los barcos y cuál su propósito, el hecho de que los hermanos Pinzón estuvieran en la empresa ya era motivo de confianza. Unos se embarcaban en busca de aventuras, otros de fortuna y los más sólo por el salario y por una comida diaria. En aquella tienda se les miraban los dientes, las axilas, la estatura y la anchura de tórax y se les hacían algunas preguntas sobre cosas de la mar. Sólo eran contratados, salvo los grumetes, los que ya habían navegado; éstos se incorporaban de inmediato a las tareas de a bordo. Pero antes de pisar las maderas de las naves tenían que confesar y comulgar.

Llegó al puerto un grupo de cómicos que pensaban que allí sacarían unos maravedíes alegrando a las gentes, y de inmediato comenzaron sus piruetas y gracias.

Las órdenes severas de los capitanes rasgaban el crepúsculo. Y las bodegas de los barcos se iban llenando de víveres. Ayudé al contramaestre a revisar las provisiones por recomendación del almirante.

—Que este zagal te eche una mano, que sabe muy bien leer y escribir, y también conoce los números —dijo el señor Colón al encargado de esa tarea, que acogió con desagrado mi ayuda.

—Blas, vigila sus números... —me dijo el almirante al oído, y añadió con una sonrisa—, sé la sombra de ese contador.

Obedecí y no me aparte de aquel hombre. El que se sintiera molesto con la presencia de un mequetrefe era señal de que aquello iba bien.

Higos, mostaza, ciruelas pasas... carne de membrillo... pescado en salazón, tocino, bizcocho, harina... Provisiones para más de cien días de navegación y agua para ciento veinte se fueron depositando en las bodegas de los barcos. Todo bien colocado, ahorrando espacio, que no abundaba en aquellos barcos. Decía don Cristóbal Colón que ése era su mayor defecto, por lo demás eran buenas naves. Y todo bien atado para que resistiera los violentos bandazos del mar. La segunda tarea que me encomendó el almirante fue llevar a su cámara de a bordo sus efectos personales: dos compases, dos reglas, la aguja de marear; un reloj de arena; un estuche con tintas, varias plumas, gran cantidad de papel, innumerables mapas, y los libros que le acompañaban a donde quiera que iba. Éstos eran: la *Geografía* de Ptolomeo, la *Historia natural* de Plinio, la *Imago mundi* del filósofo y teólogo francés Pedro D´Ailly, la *Historia rerum* de Pio II, y *Las maravillas del mundo* del gran viajero llamado Marco Polo, que era sin duda al que más aprecio tenía. Unos estaban escritos en castellano, otros en portugués y los más en latín. De *Las maravillas del mundo* había dos ejemplares, uno en latín y el otro en castellano. Estaban todos ellos anotados en los márgenes de sus hojas, y también había escritos sueltos entre ellas. Eran por lo general la réplica a esta o aquella cuestión con la que no estaba de acuerdo el almirante, pero también abundaban los elogios cuando creía que las ideas que allí se expresaban eran merecedoras de ellos. Todas sus pertenencias, incluidos sus ropajes, estaban a mi cuidado, así como las lámparas de su cámara que tenían que estar siempre con aceite, el aguamanil con agua y bien vigilado el reloj, al que había que golpear suavemente de vez en cuando para que la tierra no se apelmazase con la humedad del mar. Yo distribuí las cosas como Dios me dio a entender en la pequeña, pero confortable, estancia situada en la popa del barco. Más tarde el almirante las acomodaría a su gusto, diciéndome que así deberían estar siempre.

Me ordenaba las cosas con tierna severidad, mirándome a los ojos, y a menudo se agachaba para ponerse a mi altura. Y me pasaba la mano suavemente por la cabeza, o la dejaba caer tiernamente sobre mi hombro. Yo, a pesar de haberme arrancado de mi querido monasterio, le iba tomando más afecto cada día que pasaba, porque sabía que su intención para conmigo era buena.

Los hombres tensaban las cuerdas de cáñamo, revisaban los clavos y pernos de madera y situaban las piezas de artillería.

Miraba yo con cierto temor los cañones de a bordo, cuatro en total y me tranquilizó el almirante diciéndome que aquellas lombardas no eran para entrar en batalla, sino para dar señales entre los barcos, que el único enemigo con el que habíamos de vérnoslas era con las aguas.

—Que no es ésta empresa de conquista ni de poblamiento, mi querido Blas —me aclaró.

Caía la noche. Me disponía yo a subir unos mapas del almirante a bordo, cuando una mano me detuvo agarrando con fuerza mi jubón.

—¿Eres grumete en este barco?

Quien me hablaba era un viejo, de ropas gastadas y mal remendadas. Asentí, con un leve movimiento de cabeza.

—Más te valiera ahogarte aquí mismo, te ahorrarías mucho sufrimiento —como tenía las manos ocupadas me libré de él con un tirón de mi cuerpo y salí corriendo hacia el barco.

—¡El capitán de esa nave es un loco, no le sigáis! —le oí gritar todavía mientras me alejaba.

No logré quitarme de la cabeza en varios días ni sus palabras ni la expresión de su rostro, que, pensaba, era como la que debían de tener los locos, no podía afirmarlo, porque hasta entonces no me había topado con ninguno.

CAPÍTULO IV

La partida ❦ Algunos consejos ❦ Mi rebeldía y soledad ❦ Un marinero de Portugal

El viernes 3 de agosto del año del señor de 1492, las naves se hallaban dispuestas para partir. Sus velas, desplegadas para recibir al viento, lucían unas grandes cruces del color de las cerezas; de sus mástiles colgaban los pendones y banderas con las insignias de Castilla y de los reyes, y las iniciales de éstos: la F y la I. Mucha gente se había congregado aquella madrugada en el puerto para ver partir a los barcos, algunos eran familiares de los tripulantes que querían decirles adiós, con la certeza de que no era un viaje más...

Para mi sorpresa también acudieron algunos frailes de la Rábida, que se sentían conmovidos y emocionados al verme a bordo de la nao. Era como si sus desvelos para conmigo hubieran culminado con éxito: yo volvería hecho un hombre, y con la ayuda y el empeño del señor Colón no me quedaría en simple marino. De aquella esperanza y de tal orgullo el único fraile que no participaba era Fray Gonzalo, que también estaba allí. Sin embargo aceptaba con resignación mi destino... y el suyo...

—Obedece en todo aquello que te demande el señor don Cristóbal Colón, que es hombre de nobles sentimientos y que te tiene en grande estima —me decía con voz entrecortada—; son los hombres de mar gentes buenas, aunque de bruscos modales, la continua soledad y el violento océano les han hecho así. Sé generoso con ellos y no respondas a sus burlas con otras burlas, ni te aflijas por sufrirlas. Cuando en medio del mar sientas que tu corazón se duele invadido por la nostalgia, piensa que todos los hermanos de la comunidad estamos junto a ti. No seas perezoso con el trabajo, pues éste ennoblece el alma de los hombres y les acerca a Dios... Si estás en el bosque, sé árbol; si estás en la montaña, sé piedra, si estás en un barco, sé...

Y ya no pudo decir más, sus ojos se humedecieron y la voz se le quebró por la emoción. Y sus lágrimas se fundieron con las mías en aquel último abrazo. Luego me dio su crucifijo de madera.

—Rézale cada noche y que te sirva para recordarme a mí y para recordar tu hogar.

El puerto fue desapareciendo de nuestra vista y el almirante mandó poner rumbo al sudoeste y al sur cuarta del sudoeste que ése era el camino de las islas Canarias.

Tras haber navegado sólo unas cuantas leguas, todavía con la agitación de la partida tan largamente esperada, y tras comprobar que todo a bordo estaba bien, el almirante Colón se acercó a mí y me dijo:

—Mi querido Blas, guarda este instante en tu memoria como si de un tesoro se tratara, pues estamos dando principio a un hecho de gran trascendencia para la Humanidad.

Luego avanzó con el paso firme de un hombre curtido en la mar, por la cubierta de la nao, en dirección a su cámara.

Yo no entendía aquellas palabras. Mi corazón se agitaba de temores e incertidumbres. Mientras, la proa de la nao, impulsada por un cálido viento, abría sendas de blanca espuma en el mar que seguían decididas la Pinta y la Niña.

Y fue en la tarde de aquella primera singladura, en medio de la nada, sin saber a ciencia cierta dónde íbamos y con qué propósitos, rodeado de extraños que iban de acá para allá movidos por los gritos de sus jefes atropellándome a su paso donde quiera que estuviere, cuando experimenté por primera vez un sentimiento de rabia, del que yo mismo me asusté: había sido cruelmente apartado de la vida que yo más quería. Y odié a todos y a todo lo que me rodeaba. También a los frailes… Y me preguntaba el porqué de aquella injusticia. Querían que me hiciera un hombre, los que tenía a mi alrededor lo eran y no creía yo que fuera cosa buena llegar a ser como ellos. Tenían ademanes violentos, eran sucios y olían a estiércol; hablaban dando gritos y blasfemaban; pronunciaban mal las palabras y muchas de ellas no sabía de dónde las podían haber sacado, pues no las había oído jamás y sonaban mal. Y en aquella rebeldía no me reconocía, no era yo. Y maldije mi suerte, y el día en que a aquel marino se le ocurrió ir a dar con el monasterio para turbar mi paz y cambiar mi destino. Tantos lugares en el mundo y tuvo que llegar allí para mi desgracia. Yo sólo deseaba ser otro fraile más, vivir y morir en el monasterio. Que mis huesos, cuando la vida me hubiera abandonado, descansaran en el pequeño cementerio que allí teníamos, un lugar que con frecuencia visitaba. En él me sentía en completa paz. Con frecuencia me distraía leyendo los nombres de las lapidas: Fray Enrique de Ponce, Fray Pablo Gómez, Fray Luis de Córdoba... y luego preguntaba por ellos.

—¿Quién era Fray Pablo Gómez? ¿Quién Fray Luis...?

—Fray Luis de Córdoba era amigo de todos los animales, los zorros y los jabalís comían de su mano, y los ratones tenían sitio en su celda... A Fray Pablo no lo llegué a conocer, pero dicen que aun siendo severo, jamás hubo alma más generosa...

Con paciencia infinita, Fray Abelardo, que se ocupaba del campo santo, me iba contando con su voz pausada y armoniosa cosas sobre todos aquellos hombres honestos y sensibles cuyas almas estaban todas en el cielo.

Yo no aspiraba a otra cosa que ser uno de ellos, llevar una vida sosegada en el monasterio y finalmente que mis huesos descansaran en aquel apacible lugar, que yo tenía por el mismo cielo. Cómo deseaba tener una lápida con mi nombre parecida a la de aquellos hermanos míos. Y sin embargo lo más probable era que mi cuerpo terminara comido por los peces de los océanos, como vaticinó aquel hombre en el puerto.

Nada tenía yo que ver con las cosas del mar. Ni tan siquiera con el bullicioso mundo de tierra adentro. Las ciudades me daban miedo, sólo hallaba sosiego en el campo y sólo reconocía como mi hogar los intramuros del monasterio. Me sentía como Adán expulsado del paraíso terrenal, pero él, junto a Eva, cometió pecado al no hacer caso de las disposiciones divinas, y yo me preguntaba cuál era mi pecado, y no hallaba respuesta. En eso el primero de la estirpe de los hombres era más afortunado, pues conocía su falta. Pero yo no conocía la mía, porque no existía. Pensé que el demonio, que se regodea en pervertir a los hombres, hubiera confundido a los frailes y vieran como bueno para mí lo que era sólo desgracia y perdición.

El horizonte que hacía unos instantes estaba teñido de una inquietante palidez se volvió oscuro como boca de lobo.

Estaba yo derramando lágrimas al mar, junto al farol que tenía el barco en la popa, cuando oí una voz a mi espalda.

—Y tú, muchacho… ¿a qué has venido a este barco? ¿Tu familia se cansó de que estuvieras viviendo a la sopa boba?

Me enjugué con rapidez los ojos y volví la cabeza. Era un marinero al que unos llamaban el Portugués, que venía a encender el farol. Ya le conocía por las habladurías de la tripulación, que evitaban su compañía, y en las horas de descanso se le veía solo, unas veces mirando el mar y otras en cualquier rincón medio escondido. Tenía, sin embargo, la mirada serena, y sus movimientos eran tranquilos, poco habituales en las gentes de la mar, que parecieran rabos de lagartija, y esto es debido a que la vida a bordo es de continua agitación y el cuerpo se acostumbra a ello. El Portugués no me pareció más peligroso y detestable que los otros, pero no podía fiarme más de mi prematuro juicio que de la opinión de la mayoría de la tripulación, que algunos ya habían navegado con él, y por ello me sentí temeroso y contesté casi temblando y sin saber qué decir:

—No señor, he venido a hacerme un hombre —balbuceé con ingenuidad. Iba a seguir hablando, convencido de que eso me protegería, pero él me interrumpió.

—Aquí, muchacho, no te harás un hombre, quizás llegues a ser un marino, y los marinos no somos hombres, no sé qué somos, pero te puedo asegurar que no somos hombres. Un perro se parece más a un hombre que un marinero, y no me refiero sólo a los miserables de a bordo, ésos que se embarcan por un mendrugo de pan o porque no se soportan ni a sí mismos; los capitanes pertenecen a la misma especie... desarraigados de la tierra. Ya los irás conociendo. Te diré algo: ciertamente yo no soy ni hombre ni marinero...

Iba yo a preguntarle qué era él entonces, pero desistí, y como si hubiera leído mis pensamientos continuó:

—Y tú te preguntarás que si no se es ni hombre ni marinero, a qué mundo se puede pertenecer. Y yo te contesto: ya lo sabrás.

Y el Portugués sonrió con amargura y se alejó.

Yo entonces me entregué por completo a mis lloros, que Dios nos dio a los hombres esta forma de desahogo para hacer más llevaderos los avatares amargos de la vida. Lloré y gemí, dando salida así a mis angustias, que eran muchas y grandes. No había cuidado, aquel lado del barco estaba desierto y mis sollozos eran apagados por los golpes violentos de las velas, y a este azote había que sumar el del aire, que al pasar por entre los cabos silbaba como si el mismo diablo tocara una flauta, así de espantoso era el sonido que producía. Pero yo estaba ajeno a todo eso, no tenía temor, tan desesperado me sentía.

Y entre mis sollozos no podía dejar de pensar en el Portugués, en sus palabras.

Sagrada la hora en que Jesús vino al mundo
los ángeles cantan jubilosos.
Enderecemos el rumbo,
seamos sólo de Dios temerosos.

Se oyó el canto de la hora en la voz del grumete de guardia. Y eso me reconfortó un poco.

Capítulo V

La Santa María ❦ Mis problemas a bordo ❦ La hostilidad de los marineros

Cuando vi por primera vez los barcos en el puerto, me parecieron fuertes como castillos. Oí comentar que para construir la nao Santa María habían hecho falta los árboles de todo un bosque, y aquello no parecía exagerado contemplando su estampa majestuosa. Pero lo cierto era que las aguas del océano no tardaron en poner de manifiesto su fragilidad: el barco era zarandeado por las olas como una hoja seca por el viento de otoño, haciendo muy difícil el moverse por la cubierta. Los marineros expertos caminaban por sus maderas de una forma peculiar, abriendo las piernas de manera tan ostentosa que provocaba risa, pero menos que la de ver a un novato cayendo constantemente. Algunos grumetes se dieron tan fuertes golpes que se hicieron grandes brechas y más fueron los que dejaron algún diente entre las maderas; yo mismo tenía el cuerpo todo lleno de cardenales de los golpes; poco a poco tendría que aprender a andar de aquella forma singular o no sobreviviría. Otra cosa eran los mareos continuos, no podía comer alimento alguno, pues no tardaba en arrojarlo por la borda y no siempre podía llegar a ella... Estaba pálido, y en torno a mis ojos había aparecido una sombra grisácea que parecía decir que estaba al borde de la muerte; pude ver mi aspecto reflejado en una cuba de agua y me asusté. Me encontraba tan débil que cualquier esfuerzo era un acto de voluntad... y además estaba aterrorizado por todo lo que sucedía a mi alrededor, de lo que poco o nada entendía. La comida, por lo general, era repugnante. El barco no tenía cocina, cada día se instalaba en un sitio diferente un fogón de hierro, sucio y oxidado, que se asentaba sobre unos maderos. Tampoco teníamos cocinero, esa tarea se le asignaba a cualquiera que estuviera ocioso. En tales condiciones es fácil imaginar cuál podía ser el resultado. Raras veces la comida estaba caliente. En el monasterio no había lujos ni abundancia en eso del comer, que los frailes son austeros y de costumbres frugales, pues eso es propio de la orden; pero la comida se condimentaba con amor, y era una delicia comerla. Cómo echaba de menos las sopas de pan que hacía Fray Antonio...

Los marineros se lo pasaban en grande observando mis vomitonas y sobre todo mis movimientos torpes por el barco, y hacían apuestas sobre cuándo daría con mi cuerpo de nuevo sobre las maderas de cubierta. Pero no les bastaba con verme caer con cada golpe de mar. Uno de ellos me dijo, con tono amable, que podía escuchar la música de las aguas, que sólo tenía que acercar mi oreja al palo mayor y la oiría, que era un sonido como de flauta, alegre y dulce. Ingenuo de mí hice lo que me dijo y entonces él me golpeó la cabeza contra el mástil provocándome una brecha por la que sangré en abundancia. Yo empecé a llorar mientras todos reían.

El señor Colón me decía que terminaría por acostumbrarme a todo aquello, que pronto me convertiría en un hombre de mar, y que no hiciera caso de las risas y burlas de los marineros, que no eran para ser tenidas en consideración, y que sus bromas no entrañaban peligro, que en realidad no eran otras que las que ellos sufrieron cuando embarcaron por primera vez. Le dije, sin embargo, que la brecha de mi cabeza era por una caída sobre la cubierta. Pues no quise ponerle en compromiso, ni delatar a nadie. "Tienes que caminar con más tiento", me aconsejó.

Durante los días siguientes me dediqué a mirar las frentes de la tripulación intentando ver alguna cicatriz de aquella broma. Y lo cierto es que algunas señales vi, a unos en sus caras a otros en sus cuerpos, pues las ocurrencias que tenían eran de muchas clases y todas causaban daño.

El barco avanzaba poderoso por el océano, pero sus maderas chirriaban de forma que parecía que se iban a romper de un momento a otro me decían que no tuviera temor, que soportarían ese viaje y otros muchos; que los tres eran barcos fuertes; pero aquel ruido era aterrador y cuando la mar embravecía entonces tenía la sensación de que todo el barco se desmoronaría en cualquier momento. Había visto en el puerto cómo la nao era calafateada con brea para evitar que penetrase agua en el interior. Y no debían de conocer bien su oficio los que se ocuparon de aquella tarea, pensé, pues el agua se filtraba despacio pero constantemente por todas partes, de modo que siempre había un grupo de marineros o grumetes recogiéndola en calderos y devolviéndola luego al mar. Eso parecía que también era cosa habitual en todos los barcos.

Los marineros y grumetes no teníamos un sitio asignado para dormir o descansar, cada uno extendía su estera donde podía. El lugar que mayor concurrencia tenía era la cubierta de proa, pero cualquier parte que estuviera algo seca valía. Y llegué a la conclusión de que ser marino es cosa de locos, que el Portugués sólo era un loco entre locos, y quizás fuera el más cuerdo de todos los de a bordo.

El trabajo era incesante y cruel, y en muchos casos innecesario: que nadie te viera ocioso, ni tan siquiera en los momentos en que te correspondía descansar, pues te podías encontrar con una patada o con un tortazo. Lo mejor era quitarte de en medio al terminar una guardia o cualquier tarea; perderte; que no te vieran. Para eso el mejor sitio que yo encontré era la bodega, esa parte del barco era un lugar detestado por la mayoría, que preferían tener el cielo sobre sus cabezas, pues la gente del mar detesta los sitios cerrados. Cierto también que allí el aire estaba prisionero, pero a mí aquello no me importaba, esos inconvenientes hacían más inaccesible mi escondrijo. De la extensa bodega me decidí por un angosto cubículo en la parte de popa, que estaba mejor embreada y por tanto mas seca. Cierto que era un lugar oscuro, pero eso no me importaba, pues contaba con algún cabo de vela. Allí me sentía lejos de la odiosa tripulación de la nao y eso me compensaba.

Cómo deseaba en aquellos días pisar de nuevo tierra firme, cómo echaba de menos el monasterio, mi humilde pero confortable catre y sobre todo la sensatez de los frailes, sus voces tranquilas, sus palabras tiernas y amables. Los marine-

ros, a medida que pasaban los días, se mostraban más irritados, blasfemaban de continuo, y gritaban de forma estridente, se insultaban a la menor oportunidad y a menudo se peleaban; peleas cortas, un intercambio de golpes que duraba lo que dura un suspiro, una forma de arreglar sus asuntos sin que los superiores se percataran. Yo no estaba hecho para aquella vida, y en mi desesperación lloraba en soledad. Trataba de recordar los consejos de Fray Gonzalo, pero de poco servían. Cómo deseaba que todo aquello terminase. Me habían embarcado para que me hiciera un hombre, pero si ser un hombre era convertirme en alguien como ellos, no quería serlo. Detestaba a los seres humanos, y no cesaba de preguntarme por qué los frailes habían permitido mi partida, luego les disculpaba pensando que lo habían hecho procurando mi bienestar. Deseaba que todo aquello terminara cuanto antes y regresar a la paz del monasterio, mis rezos diarios eran súplicas para que se terminara pronto aquel castigo. Sería por siempre un fraile franciscano, no quería nada del mundo, y menos de barcos llenos de brutos.

Sólo al caer la tarde los ánimos se apaciguaban un poco a bordo, se cantaba y bailaba y se contaban historias de la vida en el mar, o se recordaba el lejano hogar. Las fieras se volvían corderos en aquellos momentos, hasta alguno se permitió alguna lagrima al recordar su aldea y su gente.

Sólo me atreví a hacerle una pregunta al señor Colón: cuándo regresaríamos. Se agachó como acostumbraba a hacer cada vez que iba a hablarme y dijo: “Pronto, mi querido Blas, pronto. Y lo haremos con los ojos admirados de las bellezas que habrán visto. Pero has de ser paciente. Dios, nuestro padre celestial, sabe que el hombre sólo aprecia las cosas si éstas las ha conseguido con sufrimiento".

El señor Colón tenía el don de darme ánimos, y lo más curioso era que no solía entender del todo sus palabras, lo que quería decir con ellas, pero eso poco importaba.

Capítulo VI

Monstruos marinos ❦ El mar ❦ El Portugués

Pero fue con una de aquellas historias que relató un marinero, un gallego llamado Miguel Freire, en las apacibles horas del crepúsculo, con lo que mi inquietud llegó a limites insoportables. Se refería el Gallego a las criaturas que poblaban el océano; seres monstruosos capaces de engullir un barco dos veces del tamaño de la Santa María sin esfuerzo, tras haberlo triturado con sus enormes dientes.

—En su boca —decía con la mirada encendida— los hombres son como aceitunas para esas bestias —y aclaraba—, sin embargo, no se alimentan de seres humanos. Sólo se divierten con su aniquilación, con su sufrimiento. Esas bestias son cosa del diablo, odian a los hombres porque son obra de Dios.

Era tanta la emoción que le embargaba al marinero al hablar de tales espantos que le costaba respirar, sudaba tanto por todo su cuerpo que parecía que sufriera de grandes fiebres y, al final del relato, quedó exhausto, tendido sobre las maderas.

Algunos marineros no le tomaban en consideración y se mofaban de sus fantasías, pero los más seguíamos su relato con interés y temor.

—Para que hagan su aparición esas criaturas sólo hemos de adentrarnos en sus territorios, y creo que camino de ellos estamos… —advirtió a los incrédulos.

Al relato de Miguel Freire se sumaron los de otros marineros, y cada uno era más terrible que el anterior, aunque no lograban conmover las almas de igual modo, pues sus palabras eran más torpes y carentes del sentimiento del Gallego.

—Yo a punto estuve de ser devorado por aquel pez, cuyas aletas sobrepasaban el palo mayor de nuestro barco. Salimos vivos de milagro. Yo perdí estos dos dedos.

Quien así hablaba era un marinero de Valladolid.

—No hagas caso de esas historias —me dijo el señor Colón al verme temblar de miedo mientras ordenaba sus herramientas de navegación—, ésos son cuentos de marineros, fantasías sin sentido, en mi largo peregrinar por los mares jamás encontré esos monstruos de los que ellos hablan, si acaso alguna ballena, y te puedo asegurar que, a pesar de su tamaño, que pueden llegar a ser más grandes que esta nao, Dios no creó ser más inocente. Pregunta a los vascos, que son expertos en su caza…

Yo ni siquiera sabía de qué hablaba el almirante, nunca había oído hablar de tales seres, tan grandes y pacíficos, y como si hubiera oído mis pensamientos, añadió:

—No sabes de qué hablo, ya lo sabrás... Veremos ballenas te lo puedo asegurar, y todos tus temores desaparecerán como humo de pajas.

Aquellas palabras sólo lograron tranquilizarme un poco, porque durante las noches siguientes me despertaba sobresaltado creyéndome presa de uno de aquellos monstruos de los que hablaba el Gallego. Eso cuando lograba cerrar los ojos por el cansancio, que la mayor parte del tiempo oía cantar todas las horas al grumete de guardia.

Algunos días después de aquel siniestro augurio, el vigía de la cofa dio un grito de alarma y todos vimos emerger de las oscuras aguas la criatura más descomunal que jamás pude imaginar. No exagero si digo que era mayor en longitud que la Santa María. Parte de la tripulación, en la que me incluyo, fuimos presa del pánico; los demás marinos sabían que se trataba de una ballena, un enorme pez que, a pesar de su tamaño, como me había dicho el señor Colón, es inofensivo. Nadaba a corta distancia de los barcos, como observándonos curioso. De cuando en cuando, de su lomo salía un enorme chorro de agua. Luego el pez desaparecía en las profundidades y un rato después volvía a la superficie elevándose, para caer pesadamente sobre las aguas. Era un espectáculo asombroso que tenía a la tripulación entusiasmada. El almirante hubo de ponerse severo para que retornáramos todos las tareas de a bordo.

—¡Es éste el monstruo que nos iba a devorar! Temo más a mi madre cuando toma la escoba —dijo uno de los marineros desde la proa, dirigiéndose al Gallego que había vaticinado grandes desastres.

Todos rieron. Y yo también, pero el Gallego respondió con voz amarga:

—Reíd, reíd, ya lloraréis cuando estéis entre las fauces del verdadero monstruo...

Y otra vez me sentí presa de los anteriores temores. El Gallego era un hombre de aspecto inquietante: bajo de estatura y ancho de tórax; tenía una cicatriz que le recorría la cara; sus brazos eran peludos y llevaba siempre las mangas de su mugrienta camisa recogidas y el pecho al descubierto como orgulloso de su aspecto de oso. Tenía unos dientes grandes y descolocados sobre las encías. Le observaba con frecuencia sin que se diera cuenta. Recuerdo una tarde, tenía una manzana entre las manos peludas, y se disponía a comérsela, nunca había pensado que una manzana sintiese dolor, pero esa vez sufrí por aquel fruto infeliz. Al hincarle sus dientes cerré los ojos y mi cuerpo se estremeció. Tal temor me causaba aquel hombre.

—¿Temes ver el monstruo muchacho? Qué tontería. Todos temen a las criaturas del mar, y los monstruos no son los que habitan las aguas, son las aguas mismas, ahora está la mar dormida, pero, ¡ay, de nosotros! cuando despierte malhumorada. Amigo mío, tenlo por seguro, ella es el monstruo implacable.

Quien así me hablaba era aquel otro al que llamaban el Portugués, al que ya conocía, y del que ya he dado cuenta antes. Le llamaban algunos el Loco porque decía cosas que los demás no entendían; porque sabía leer y escribir siendo un simple marinero y porque que poseía un libro por el que decían había pagado una fortuna. Él era el único entre la tripulación de la Santa María que hablaba sin gritar, su voz era pausada, tranquila, y empleaba palabras refinadas. Incluso sus ropas tenían cierta pulcritud, cosa difícil a bordo. No le molestaba que le tuvieran en tal consideración, o al menos disimulaba bien su enfado.

—Buenos días tenga vuestra merced.

—Poco has progresado desde la última vez en tu empeño de ser un marinero. Si no dejas esas finuras nunca lo conseguirás. Sí, amigo mío, no temas a otro monstruo que éste que nos rodea… El verdadero devorador de hombres es el propio mar. Es posible que terminemos entre sus saladas fauces. El hombre es insensato, la insensatez viaja en los barcos y más aún en éste, que ni siquiera sabe adónde va.

Iba a preguntarle por qué se había embarcado pensando de aquel modo. Pero no me atreví a hacerlo.

Capítulo VII
Mi amigo Rodrigo

Llegué a pensar que los grumetes estábamos a bordo sólo para servir de diversión a los marineros en los tediosos días de navegación; para hacer que ellos se sintieran importantes. Nosotros éramos los parias del barco, los bufones, los esclavos. Si protestabas por sus burlas y bromas crueles respondían que ellos habían pasado por esas mismas pruebas; haber sufrido tales escarnios tiempo atrás, al parecer, les daba derecho a tales conductas con nosotros. Que no se te ocurriera denunciar sus abusos a los superiores, que entonces estabas listo, serías repudiado a bordo, y esa ley se extendía a todos y cada uno de hombres del barco, independientemente de la edad o el oficio. Las disputas que surgían entre la marinería se resolvían entre la marinería. No había más remedio que soportar con paciencia aquello que se les ocurriera para su distracción. Que tampoco te vieran llorar, pues entonces pobre de ti, las lágrimas estaban proscritas, eran el peor delito. Cuando la rabia o la tristeza se convertía en inevitable llanto, debías alejarte cuanto pudieras y ocultarte en el sitio más recóndito y llorar en soledad.

Conocí a los otros grumetes, éramos seis en total en la Santa María. Algunos habían navegado antes, y yo pronto congenié con otro novato, pues pensé que los débiles han de unirse en la adversidad para resistir, aunque él no daba muestras de debilidad. Se llamaba Rodrigo Argumánez, me sacaba dos años, y era de Granada. Me dijo que su padre ejercía de piloto en un barco y que después de nuestra travesía se embarcaría junto a él, que decía que era cosa corriente hacerlo la primera vez con gente extraña. No tenía miedo al mar, ni siquiera respeto, cuando las aguas se enfurecían, se reía de las olas, se colgaba de los cabos y hacía piruetas que asombraban a la tripulación. Tampoco se arredraba con las bromas de los marineros, a los que sabía soportar y a los que plantaba cara cuando era necesario. Se sentía allí como si de un marino experto se tratara, se conocía cada rincón del barco y estaba al tanto de todas las habladurías. Viéndome a mí tan acobardado intentaba animarme diciendo que la vida a bordo no era tan mala y que la tripulación no era tan peligrosa como quería parecer. No hacía ascos a comida alguna, cualquier bazofia la tomaba por manjar. Sostenía que los barcos eran más fuertes de lo que parecían y que tenía que darse una tempestad terrible para echarlos a pique; que sus maderas se quejaban pero resistían. Yo le pregunté por el asunto de los monstruos marinos, pero él se sentía más impresionado por lo hondo del mar, y me dijo que en algunas partes era imposible saber cuántas leguas había hasta el fondo, que tal vez hubiera la misma distancia hacia el cielo que hacia abajo… eso era lo único que parecía

impresionarle y tal reflexión supuso un nuevo temor, que vino a sumarse a los que yo ya tenía... Durante días no pude dejar de pensar en el abismo infinito que teníamos bajo nuestros pies, poblado seguramente de bestias y monstruos terribles. Llegué a pensar que quizás abajo del todo estuvieran los infiernos, y que naufragar era otra forma de llegar a ellos sin haber pecado. Y con aquella conclusión llegué a comprender los temores hacia el mar de Fray Gonzalo, que si no me advirtió del peligro de embarcarme era para no darme otro motivo de temor. Le confesé aquella deducción a Rodrigo y él me dijo que tal industria era del todo imposible, que tenía entendido que en el infierno había fuego y que éste se apagaría con tanta agua y quedé convencido con el razonamiento. No nos abrasaríamos con las llamas del infierno, eso era un alivio, sólo habría de temer a los monstruos de las profundidades.

Había poco tiempo para hablar, el trabajo era duro a bordo y las pocas horas de descanso había que dormir para no hacerlo durante el día y no recibir castigo. Yo tenía el privilegio de tener un lugar en la cámara del almirante, pues él insistía en ese punto. Pero no me sentía cómodo con aquel distingo y prefería buscarme un lugar como los demás, no sin tener temores, pero los iba venciendo. Rodrigo fue una gran ayuda. Tampoco yo estaba sujeto al trabajo de a bordo y empezaba a comentarse que era un protegido del almirante, y le pedí a señor don Cristóbal Colón que me permitiera ser uno más de los grumetes, él accedió y me incorporé a otros trabajos de naturaleza más grosera, como hacer guardias de proa y de popa, limpiar la cubierta y achicar el agua que constantemente se filtraba a través de las maderas... Para esta tarea me asignaron un lugar en la popa, que debería mantener a raya, pues el agua entraba lenta pero constantemente. A medida que iba entrando yo la recogía en un cubo que luego vertía por la cubierta. Cerca de la filtración de agua se almacenaban los víveres, cajas que contenían carne de membrillo, y como pasaba allí tanto tiempo decidí que sería el lugar en el que también dormiría y abandoné el refugio anterior. Rodrigo no gustaba de aquel sitio, prefería tener como techo el cielo estrellado, le agradaba entre sueño y sueño sacar la cabeza de su raída manta y echar un vistazo al mar, eso decía que le reconfortaba. Tenía espíritu de marino, y me decía que el haber vivido tanto tiempo entre los muros de un convento eran la causa de que aborreciera las cosas de la naturaleza. Quedé convencido de su juicio pero permanecí allí abajo, dando tiempo para la curación del mal que decía que yo padecía.

Aquel sitio tenía otro inconveniente, las ratas, pero vencí mi asco y mi miedo hacia ellas acordándome de la consideración que San Francisco tenía de los animales sin distinción, y las llamé hermanas y lo cierto es que nos respetábamos, e incluso creo que llegamos a profesarnos mutuo afecto.

Rodrigo tenía siempre la sonrisa en los labios, y por crueles que fueran las bromas de la tripulación no la perdía, y esto desanimaba a los marineros que pretendían causar daño y no parecían conseguirlo. Sin saberlo seguía fielmente uno de los consejos que me diera a mí Fray Gonzalo antes de partir.

Rodrigo tenía una opinión formada sobre lo que estaba bien y lo que estaba mal a bordo, y deseaba anotar sus ideas, para ponerlas en práctica cuando fuera almirante de un barco, porque tenía tan seguro que llegaría a ostentar tal rango como

que tenía dos brazos, pero no sabía leer ni escribir y cuando por casualidad descubrió que yo sí sabía, me reprochó que no se lo hubiera dicho antes y en ese mismo momento quiso que le enseñara. Accedí de buena gana, pero dábamos las lecciones ocultos a los ojos de los marineros para que éstos no hicieran burlas de ello, que muchos renegaban de saber leer y escribir por considerar que tal cosa era de hombres poco viriles. Las lecciones las hacíamos con el libro de viajes de Marco Polo que don Cristóbal Colón me prestaba a ratos sin que supiera para qué propósito.

Le costaba aprender a Rodrigo las letras, pero suplía su incapacidad para tales asuntos con una voluntad a prueba de todo. Él renunciaba a gran parte de su descanso correspondiente y se dedicaba a aprender. Se escribía las letras en sus ropas con trozos de carbón que tomaba del fogón, para tenerlas presentes allá donde estuviera. Y así estudiaba mientras estaba de vigía en la cofa, que esta peligrosa tarea él la tenía asignada como cualquier otro marinero; achicando agua o sacudiendo el rocío de las velas al amanecer, o en las horas tediosas de las guardias. Y siempre pensando en llegar a ser el capitán de un navío más grande aún que la Santa María, que muchos marineros decían que era un cascarón de nuez.

Él pensaba que había tenido mucha suerte al conocerme, pero era yo sin duda el que se consideraba de verdad afortunado con su amistad.

CAPÍTULO VIII

La Pinta ❦ Las islas Canarias ❦ Los mares desconocidos ❦ Peces que ríen

A los pocos días de navegación se desencajó el timón de la Pinta, que mandaba Martín Alonso Pinzón, y fue decisión repararlo en la isla que llaman de Lanzarote, que es una de las Canarias. Además de recomponer esa avería se acordó cambiar sus velas, que eran de esas que llaman latinas por otras cuadradas, y esto hizo a la carabela más marinera, más veloz en su navegar y más dócil en su manejo. Todos aquellos arreglos se hicieron, en opinión de don Cristóbal Colón, en muy poco tiempo y se hicieron bien, tanto que el almirante se sentía muy orgulloso de aquel barco al que llegó a tener en mayor estima que a la Santa María, que era, al parecer, difícil de maniobrar, aunque ello se conseguía sin gran dificultad, gracias a que tenía el mejor de los pilotos: Juan de la Cosa.

Antes de lo previsto levamos anclas para continuar nuestro incierto viaje.

El marinero llamado Miguel Freire volvió a llenarme de miedos otra vez cuando dijo, al abandonar las islas Canarias, que nos adentrábamos en mares desconocidos y que ellos eran los territorios donde habitaban los monstruos marinos.

Pocos o ningún hombre ha regresado jamás de esas aguas desconocidas... Decía con apagada voz y gesto taciturno.

El almirante se vio obligado a reprenderle con severidad por causar sus augurios preocupación en parte de la tripulación.

Yo miraba con temor al mar, intentaba ver las profundidades del océano por si andaba merodeando por allí alguna de aquellas terroríficas criaturas. Rodrigo no creía en aquellos cuentos del Gallego y trataba de darme ánimos con bromas.

—¡Venid, bestias del infierno, aquí os estoy esperando, asomad vuestras feas cabezas y os daré tal zurra que no volveréis a asustar a nadie!

Los tres navíos seguían surcando las aguas de los inciertos mares. El trabajo a bordo era duro, no había mucho tiempo para el descanso. Un barco es algo que necesita atención constante. Además, el continuo trabajo tenía otra finalidad: que la marinería no tuviera demasiado tiempo para pensar, que en alta mar eso no era cosa sana, más aún en un viaje como el nuestro, que nunca antes se había hecho. Era mejor no dejar fuerzas a la marinería, que, exhaustos por el trabajo, al caer sobre sus esteras los marineros quedaran dormidos sin tener tiempo para pensar, que de eso ya se ocupaba el capitán.

Si yo le enseñaba a aprender las letras a Rodrigo, él me enseñaba a mí la forma de andar por el barco, sin que supiera decirme quién se lo había enseñado a él, y sólo decía: "Yo soy marino y a los marinos no nos tiene que enseñar nadie a andar ni a trenzar un cabo, lo sabemos y eso es todo". Y si las lecciones sobre escritura las hacíamos a escondidas, las de andar más aún, pues hubiéramos sido la risión de la marinería. A medida que pasaban los días iba yo adaptándome al barco y aprendí ese modo de andar tan peculiar de las gentes de la mar, y ya no era tan fácil que me sorprendieran de bruces sobre las tablas de la cubierta.

Mi cuerpo también se fue acostumbrando a tan adversas condiciones y ya lograba retener la bazofia de a bordo en mi estómago.

Un día por la tarde vimos que junto al barco nadaban unos peces de considerable tamaño. Salían de las aguas y volvían a ellas en ágiles y divertidos saltos.

—Son delfines —dijo un marinero—, los perros del mar. A más de un marinero que ha caído al agua ellos le han salvado.

Rodrigo, para verles mejor, se encaramó en el palo del bauprés y gritaba emocionado.

—¡Se están riendo, los peces se ríen!

Y quiso tocarlos en un difícil equilibrio que dejó con la boca abierta a los marineros, y creo que lo consiguió.

Los peces aquellos reían y contagiaron con su alegría a los marineros. En cambio, desde hacía algunos días noté que el almirante se mostraba inquieto. Miraba con insistencia los mapas y consultaba notas que tenía guardadas en una funda de cuero, y miraba al horizonte con insistencia y gesto preocupado.

—No preguntas porque eres prudente —me dijo mientras ponía yo aceite en una lámpara—, pero quisieras hacerlo, deseas saber el porqué de mi tristeza; pues te lo diré mi querido

Blas Tascón, a estas alturas ya teníamos que haber percibido alguna señal de que estamos aproximándonos a tierra, y ni un solo indicio de ella. Estoy seguro de que estamos en el buen camino, pero me preocupa la tripulación que puede empezar a impacientarse...

Pero las cosas cambiaron. El viernes 14 de septiembre se dijo que la Niña había visto un grajo en el cielo y un rabo de junco. Y eso llenó a todos de alegría porque estas aves, al parecer, no suelen apartarse de tierra más de 25 leguas.

Comenzamos también a divisar grandes manadas de hierba de muy verde color, y era de sentido común pensar que se habían desprendido de tierra firme.

Estos acontecimientos alegraron grandemente al almirante que, a pesar de algunos nublados y lloviznas, decía que era un tiempo como el de Andalucía en el mes de abril y que sólo faltaba escuchar el canto de los ruiseñores. A mí me agradaba verle así de contento.

Rodrigo seguía con su deseo de aprender a leer y a escribir, y se desesperaba por el lento progreso, pero poseía gran voluntad y no cejaba en su empeño.

—Ten paciencia conmigo, sólo necesito tiempo —me decía.

Y seguía pintándose letras en las carnes y por dentro de sus ropas y éstas las estudiaba en las guardias o mientras recomponía una cuerda, y todo su cuerpo estaba lleno de manchas negruzcas, letras pintadas con carbón que el sudor y la humedad del mar convertían en borrones.

Juntos leíamos aquel libro del viajero Marco Polo, y se asombraba Rodrigo que entre aquellos garabatos pudieran hallarse las increíbles peripecias del italiano en los países del Gran Khan, a los que llegó consiguiendo la confianza del Rey de reyes como le solía nombrar, que eso quería decir ser señor de enormes territorios, en los que España sólo sería una aldea.

Le parecía a mi amigo que el dominio de la lectura era algo mágico, que si no estuviera en él tan arraigado el deseo de ser marino se hubiera dedicado sólo a algún oficio que fuera de leer y escribir.

Decía que en los viajes que hiciera él como capitán, haría como don Cristóbal Colón, llevarse gran cantidad de libros para los momentos de descanso, muchos más de los que tenía él. Tanta afición le tomó a la lectura mi amigo Rodrigo.

Y no vio que fuera malo para los marineros el saber leer, sino que les haría mucho bien, y decidió que en el barco que el mandara la tripulación aprendería a leer. Sí, habrá un cirujano, un carpintero, un cocinero... y un maestro de las letras. Decía con total convencimiento.

Capítulo IX

Un alcatraz herido ❦ Las lecturas del señor Colón ❦ Dormir bajo las aguas

Como el almirante estuviera gran parte de la jornada oteando el horizonte por si divisaba tierra, y la otra media haciendo cálculos, tenía, al final del día, dolor en los ojos, y como decía que no podía irse a dormir sin leer durante un rato algunos de sus libros, que era algo que le confortaba, me mandó una noche que fuera yo el que le leyese un rato, en parte por eso y en parte por que yo no olvidara el leer. Ignorando que nunca lo había hecho con tanta frecuencia como a bordo del barco, tratando de enseñar las letras a mi amigo Rodrigo. El señor don Cristóbal Colón escogió de los libros que tenía el que más le agradaba, que era los viajes de Marco Polo. Se acomodó en su catre y se dispuso a escuchar. Iba leyendo yo, a la luz de una lámpara con desparpajo, pues casi me sabía de memoria sus páginas por haberlas leído tantas veces con Rodrigo, causando asombro en el almirante. Escuchó durante un rato con atención y gran deleite, y poco a poco se le iban cerrando los párpados por el tanto ajetreo de la jornada, hasta quedar completamente dormido. Cuando constaté ese extremo, dejé el libro y fui yo mismo a dormir a la bodega, que ya no me era posible conciliar el sueño en otro sitio que no fuera aquel.

Debió de agradarle al señor Colón el tono de mi voz y la cadencia de mi lectura, pues todas las noches, con excepción de algunas que fueron de agitación por este o aquel motivo, me pedía que le leyese unas cuantas páginas. Alternábamos la lectura de ese libro con otros. El señor Colón repetía que con esa costumbre cumplía con un deber para conmigo y también para con los frailes del monasterio, que no podía consentir que olvidase todo lo que ellos me habían enseñado, que tanto esfuerzo suyo y mío no podía quedar en saco roto. Como era hombre sincero me reconoció que ya no se podía dormir sin aquella costumbre, pero me recomendó que no la difundiera entre la tripulación, que el hecho de que un almirante se durmiera arrullado por las palabras de un grumete, aunque tales palabras fueran en realidad las dichas por el gran Marco Polo o por Tolomeo, no sería cosa bien vista por la tripulación. Y así, llegando a este acuerdo y confiando el almirante en mi discreción, pocas noches prescindió de tal costumbre. Sólo, como ya he dicho, aquellas que los asuntos de a bordo reclamaron su atención de manera insoslayable.

A medida que pasaba el tiempo, y gracias a las enseñanzas de Rodrigo, andar por el barco era cosa tan natural como el hacerlo por tierra firme y ya apenas me mareaba. Y allá abajo, en la bodega donde me había instalado, los crujidos de las maderas que antes tanto me inquietaban se fueron haciendo música agradable. No es que le estuviera cogiendo afición a navegar, sólo estaba siguiendo los consejos de Fray Gonzalo. "Si estás en el bosque sé árbol, si estás en la montaña sé roca, si en un barco sé madera...".

Uno de aquellos días se vio en el cielo un ave de esas que no son de las que duermen en el mar, y también otras especies que volaban hasta poniente.

Y la tripulación estaba gozosa y se pasaban las horas oteando el horizonte por descubrir la tierra que intuíamos que estaba cercana.

En el día miércoles 19 de septiembre, un alcatraz se estrelló contra el palo de mesana de la nao, y cayó desplomado sobre la proa como muerto, pero no lo estaba. Los hombres hacían burla del ave que se arrastraba por las maderas sin poder remontar el vuelo por haberse quebrado una de sus alas. La tomó por las patas con brusquedad uno que se llamaba Vicente, que era de Tordesillas, que se disponía a estrellarle la cabeza contra un tonel y yo le persuadí de que no lo hiciera poniéndome delante de él y le propuse un trato que él aceptó: le cambié el pájaro por una manzana que tenía guardada, un par de ciruelas pasas y un maravedí. Me llevé el ave a mi rincón en la bodega y le sujeté el ala herida con unas astillas, le daba de comer de mi comida y de beber de mi ración de agua, y con eso se iba recuperando el desgraciado animal.

Los marineros no comprendían mi conducta, pero yo sabía que no estaba haciendo otra cosa que cumplir con las enseñanzas del fundador de la orden de los franciscanos, que tenía en gran estima a todos los animales, a los que llamaba hermanos de los hombres. Lo cierto es que tenía merodeando a mi alrededor en la bodega a más hermanos, tantos que formábamos una familia numerosa. Hablo de las ratas y ratones, que a todos allí repudiaban y por los que yo al principio también sentía aversión, pero me sobrepuse, convenciéndome que si a los ojos de San Francisco eran criaturas dignas de amor, debería amarlas, y lo cierto es que no me costó tomarles afecto.

Un día Rodrigo me preguntó cómo podía soportar estar en la bodega, con las ratas, sin apenas luz, sin ver el cielo ni el mar y además bajo el agua. No me importaba la oscuridad pues sólo de vez en cuando disponía de un cabo de vela casi gastado, tampoco el no ver el cielo, pero aquello del agua me inquietó sobremanera. No lo había pensado, pero era cierto que la parte del barco donde yo estaba se encontraba sumergida y me sentí invadido por un extraño temor. Tuve la idea de abandonar aquel sitio pero sin saber el porqué permanecí allí.

Capítulo X
El primer motín: las palabras del capitán

Las señales que anunciaban tierra firme, como los pájaros o las hierbas sobre las aguas, no se concretaban. El mar océano parecía extenderse hasta el infinito y a menudo las nubes nos hacían burla al juntarse con el mar en la lejanía, haciéndonos creer que era tierra, pero ésta no acababa de aparecer y tras aquella ilusión venía de nuevo la desesperanza. Los ánimos estaban cada vez mas exaltados. Los marineros en su mayoría se habían embarcado confiando en los hermanos Pinzón, pero se encontraron que les mandaba un almirante del que poco o nada sabían, tan sólo que era extranjero. Entonces, en medio del océano, en aquella desolación escalofriante, comenzaron a hacerse las preguntas que debieron hacerse antes de embarcar, y que no se hicieron muchos de ellos por tener el entendimiento nublado por ambiguas promesas de riquezas.

El señor don Cristóbal Colón no ignoraba el descontento que reinaba a bordo, y veía que éste crecía a medida que pasaban los días y temía que de seguir así las cosas, estallara en motín. Consultaba sus mapas, hacía cálculos sin cesar en la soledad de su cámara, intentando saber qué era lo que estaba pasando, pues ya deberían haber divisado tierra. Como la tensión a bordo iba creciendo, una mañana mandó disparar dos veces la culebrina de proa, que eso era señal de alarma para los capitanes de los otros dos navíos. La Pinta y la Niña se acercaron a la nao y los hermanos Pinzón no tardaron en subir a bordo de la Santa María. Los dos traían la preocupación en sus caras. La tripulación de nuestro barco recibió con entusiasmo a los dos hermanos que eran hombres queridos y apreciados como marinos. Pasaron los dos al gabinete del almirante y allí tuvieron en compañía del piloto de la nao, Juan de la Cosa, una breve charla.

Enseguida salieron los cuatro y fue Vicente Yáñez Pinzón el que habló a la tripulación de esta manera:

—Poco sabéis de este viaje pero os diré que se trata de una empresa que cambiará el mundo. Vosotros habéis sido elegidos para dar lustre a España y a la historia. No os elegí yo, sino sus majestades doña Isabel y don Fernando. Vuestros capitanes sólo fuimos su instrumento. Si ahora os volvéis atrás les habréis defraudado a ellos y a vuestra patria, y también a Dios, que ha iluminado la mente de vuestro almirante. Tenéis el privilegio de estar mandados por un hombre sin igual, él es vuestro Rey y el mío a bordo, obedecerle es vuestro deber. Volved a vuestros puestos, cumplid con las obligaciones que tenéis encomendadas y seréis premiados por todo ello. El señor don Cristóbal Colón nos asegura que en breve veremos tierra, yo confío en sus cálculos, yo confío en él. Observad el horizonte con atención plena y aquel que descubra tierra recibirá la cantidad prometida más un tercio de ella. Que nadie siembre el descontento a bordo, pues el que incurra en tal falta será castigado con severidad. Tened confianza en Dios, en vuestros Reyes y en vuestro capitán.

La tripulación se retiró en silencio, con la preocupación en sus rostros, pero más calmada por las palabras del capitán de la Pinta. El almirante también se sintió aliviado, pero sabía que, de no hallar tierra pronto, la tensión volvería a bordo y no sería tan fácil aplacar a los marineros.

—No me encomendó el señor Jesucristo tarea fácil, mi querido Blas, pero él tampoco estuvo exento de complicaciones con los hombres, que llegaron a crucificarle. Puede que estos marineros hubieran hecho lo mismo conmigo de no ser por la calma que ha sabido llevar a su ánimo ese Pinzón.

Esa noche me pidió que me quedara en su cámara, que le leyera un rato. Le pedí permiso para ir antes a dar de comer al alcatraz y regresé de inmediato. Le leí un rato. Como no podía conciliar el sueño me pidió que le hablara del monasterio, de los frailes... Y me confesó que tal vez cometiera un error sacándome de aquel apacible lugar para traerme a un viaje incierto, y admitió la posibilidad de haberse equivocado en sus cálculos marinos. Esas dudas sólo duraron un momento, enseguida recuperó la confianza en sí mismo, pero el desasosiego no le abandonó en toda la noche, y conversando, sin que pareciera importar ni la diferencia de edad ni la del rango, recibimos los claros del alba con gran alegría. En la esperanza de que el nuevo día nos fuera más propicio.

Capítulo XI

La verdad de Rodrigo ❦ La vela sagrada

El 20 de septiembre, el almirante anotó en su cuaderno de a bordo que la nave llamada la Niña se encontraba a una distancia de 440 leguas, la Pinta a 420 leguas y la nao a 400 justas de nuestro lugar de partida. Pero anotó en el pizarrón del piloto una distancia menor para que no cundiera el desánimo.

En aquellos días vinieron varios pájaros hasta la nao, y nos alegraron con sus cantos, y después llegó un alcatraz que merodeó curioso por entre el aparejo de la nao.

Por aquellos días enfermó mi amigo Rodrigo. Estaba de vigía de popa cuando le halló su relevo tendido sobre el suelo y ardiendo su cuerpo por la fiebre. Le buscamos un lugar seco, y yo pedí permiso al almirante para que me dejara cuidarlo. Rodrigo, en aquel trance, deliraba sobre su vida pasada, palabras tontas, sin hilazón entre sí, pero oyéndolas de continuo se podían extraer conclusiones: las palizas que su padre le propinaba eran cosa diaria, hasta que no pudiendo resistirlas más huyó de su casa y vagó por las aldeas y los caminos, viviendo de limosna unas veces y otras de los trabajos más penosos que le ofrecían aquí y allá. Y por sus palabras parecía, y era fácil deducir, que también robó cuando el estómago le mandaba, que es éste un amo al que no es fácil desobedecer. Así paso algún tiempo sufriendo escarnios de aldeanos y bandidos. Lo que no supe es cómo llegó hasta la nao. Ni si las marcas de su espalda eran obra de las palizas de su padre o de la mala vida lejos de su casa. Una cosa era cierta, su padre no era piloto de barcos, ni tenía relación alguna con cosas de la mar.

Me compadecí de él, pero ese sentimiento pronto desapareció dejando paso a otro de distinta índole, porque ese sufrimiento que me invadió fue el que con su mentira quería evitarme. No era presunción cuando ocultaba que su padre era un simple labriego, proclive a aplicar el cuero, sino afán por no entristecer a los demás con su desgracia. Lo que en otros podía interpretarse como arrogancia en él era generosidad. Que como fuera de carácter alegre, sólo quería alegría a su alrededor. Y no fue lástima lo que yo sentí por él en aquellos días, sino mayor afecto y gratitud.

Estuvo al borde de la muerte, pero era fuerte y la burló. Poco debía agradecer al médico de la nao, que fue a verle un par de veces y las dos le trató con desdén, y en ninguna le dio medicinas, que éstas las quería reservar para otros de mayor importancia en el barco, y eso a pesar de estar al tanto el señor Colón de la enfermedad de mi amigo, y tras rogarle yo con insistencia que le ayudara.

Yo nunca le dije a Rodrigo que sabía lo de su vida pasada, y le seguía la corriente cuando hablaba de su padre marino, y no pensé nunca que su mentira fuera un golpe de martillo en los clavos de Cristo, sino todo lo contrario. Que hay mentiras que no lo son y no son dichas por gentes mentirosas; esto se comprendería mejor conociendo el carácter de mi querido amigo Rodrigo.

Finalizaba el mes de septiembre cuando tuvo lugar un hecho singular: al atardecer la segunda vela del palo mayor de la nao sufrió un desgarro y hubo de ser sustituida por otra. Los marineros llevaron a cabo ese trabajo con gran diligencia durante la noche.

Seguimos navegando al oeste y luego al sudeste hasta el amanecer en pos de una mancha lejana que semejaba a tierra y que resultó ser otra broma más de los mares que al juntarse con los cielos daban esa falsa apariencia. Y otra vez el desánimo cundió en todos, pues muchos pensaban que habíamos hallado lo que, con tanto afán, buscábamos.

De ponto, en el crepúsculo, uno de los marineros que limpiaba la cubierta de proa, señaló con el dedo rígido y el gesto desencajado la vela montada la noche anterior. El hombre cayó de rodillas con brusquedad sobre las maderas juntando sus manos devotamente. Al verle en aquella actitud piadosa otros acudieron a preguntarle qué le ocurría, el marinero no dijo nada y los otros miraron en la dirección en que miraban sus ojos, arrasados de lágrimas. Vieron entonces con asombro que dicha vela tenía en una de sus esquinas la imagen de nuestro señor Jesucristo. Todos cayeron de rodillas ante aquel prodigio. No tardó el almirante en acudir allí, y al contemplar el divino rostro se quedó maravillado y le mudó el gesto, que traía rígido por todo el alboroto que se había formado creyendo que los hombres se habían vuelto a rebelar. Y todo el barco se llenó de rezos venerando la divina imagen, y, como fue cosa improvisada, cada uno decía la oración que primero le vino a la cabeza, unos el Padrenuestro, otros el credo apostólico y algunos la Salve, y éstos fueron reprendidos por el señor Colón que dijo que se trataba del rostro de Cristo y que no era menester decir en aquella ocasión rezos a su madre. Y propuso que todos entonaran el Padrenuestro y así se hizo.

Se dispararon las lombardas para avisar a la Pinta y a la Niña de tal portento y las dos carabelas acudieron prestas junto a la nao, y todas sus tripulaciones se maravillaron ante la imagen.

El señor Colón dijo que sin duda se trataba de una señal. Que Dios nuestro señor estaba con nosotros y nos animaba a continuar con nuestra misión. Y todos, incluidos los capitanes y tripulaciones de la Pinta y la Niña, estuvieron de acuerdo.

La esperanza retornó a los barcos y los siguientes días al divino suceso la tripulación se comportó con más serenidad y mesura. Se dejó de blasfemar y las riñas cesaron, que eso era cosa habitual a bordo. Y todos los pequeños odios se tornaron amor, y aquí y allá se encontraba un marinero de rodillas diciendo el Padrenuestro con el gesto iluminado, las manos entrelazadas y los ojos entornados, o mirando ensimismado la vela. Y ninguno de los superiores se atrevía a reprender a nadie que se hallaba en ese trance por haber dejado su tarea, que no es de buen cristiano amonestar a un hombre cuando éste está rogando al señor.

Y hubo algunos de entre la marinería que decían que el Cristo les había hablado, y que les había anunciado que en breve hallarían la tierra que estaban buscando.

Yo comenté vivamente el milagro con mi amigo Rodrigo y me sorprendió que él eludiera tal conversación, más aún, su desdén para con tan enorme prodigio. Y como yo le hiciera ese reproche, se decidió a contarme un secreto, no sin antes obligarme a hacer juramento de no difundirlo nunca. Me llevó debajo de la barca de la nao que estaba en la cubierta, vuelta del revés suspendida por unos maderos, y allí, a cubierto de los demás marineros, me desveló el misterio de aquel milagro y éste era:

Uno de los grumetes de la nao, que se acercaba a los 16 años, y que fue bautizado en Alcalá de Henares con el nombre de Alonso Álvarez tenía la afición del dibujo, sus padres eran propietarios de una venta, pero el tal Alonso se pasaba el día pintarrajeando todo aquello que se encontraba a su paso, y tenía la cabeza puesta en esa vocación de tal manera que se equivocaba al hacer los recados, derramaba el vino al servirlo por falta de atención, y si le hablabas parecía no oír y era menester gritarle para sacarle de su permanente ensimismamiento. Su padre no hacía vida de él, ni siquiera las continuas palizas le hacían desistir de su afición y pensó que así no tendría ni oficio ni beneficio, pues aquella inclinación no la consideraba el tabernero cosa de provecho. Decidió que el látigo del mar le domaría ya que los palos que él le daba no hacían mella en su ánimo y no cejaba de aquella afición sin sustancia. Y buscó influencias para que pudiera embarcarse y así vino el tal Alonso a dar a la nao del señor Colón.

Como la afición de las pinturas la tenía metida en las entrañas buscó el modo de ejercerla a bordo y no encontró otro lugar que la esquina de la tela de una vela que se hallaba plegada en la bodega, allí pintó con trozos de carbón que hurtó al cocinero, a la luz de una candela y a salvo de las miradas de la marinería, la imagen de Jesucristo, que es inclinación ese rostro de muchos afamados artistas.

Al desgarrarse la vela de la nao, habiendo ya escasez de luz y con las prisas los marineros no se percataron de la imagen hasta que la vela fue vista a la mañana siguiente.

Sólo Rodrigo sabía el secreto de la afición del grumete, que se le confesó afligido y con lágrimas en los ojos por el escándalo ocasionado, y para recibir consejo de él sobre si era conveniente confesar su culpa al almirante. Rodrigo le dijo que no dijera una palabra del asunto y que no volviera a hacer dibujos en parte alguna para no delatarse. No consideró necesario mi amigo hacerme prometer que no difundiría aquella información, pues confiaba en mi fidelidad. No se me ocurrió poner al tanto del asunto al señor Colón, en parte por los castigos que tal vez recibiera Alonso por hacer sus pinturas en tal lugar, y así hacer caer en engaño a los hombres de los barcos. Además me dolía quitarle la ilusión al Almirante, que veía que Dios había venido a visitarnos a los barcos y darnos ánimos para seguir adelante.

Una semana estuvo la imagen en la mayor. Una lluvia torrencial durante la noche la borró por completo, dejando sólo una mancha de color grisáceo en la vela.

Pero los marineros seguían venerando la tela, a pesar de todo. Y en tal borrón unos creían ver un arcángel con su espada flameada, otros al Espíritu Santo, y no faltaron quienes pretendían que allí estaba la Virgen María con el mismísimo niño Dios en sus brazos.

Alonso Álvarez estaba avergonzado por todo el alboroto que había ocasionado, y andaba por el barco cabizbajo y triste, pero no pudiendo reprimir su inclinación de artista se dedicó a pintar en las maderas de la bodega, escogiendo unas cercanas a la proa, que eran más claras que las demás, pensando que era un sitio oculto y que nadie iría por allí. Él había necesitado de varios cabos de vela, porque la oscuridad era mucha.

Pero quiso el destino que justo por allí se produjera una vía de agua y el piloto de la Santa María descubrió los dibujos de Alonso. Los había religiosos pero también de otra índole, como árboles, manos y gentes vulgares, algunos recordaban los rostros de gente de la nao. Puso el piloto el hallazgo en conocimiento del almirante y allí se trasladó el señor Colón, y no tardó en comprender que era obra del mismo que había pintado la cara del Cristo en la vela y así vio su ilusión desvanecida.

No quiso, sin embargo, desvelar la verdad de aquel asunto temiendo que la desilusión a bordo se tornase motín y pidió al piloto que mantuvieran el secreto de tal asunto, y a los otros dos marineros les ordenó que borraran la obra de Alonso y que no abrieran la boca sobre tal suceso.

Renunció el almirante a descubrir quién era el autor de los dibujos, optando porque el asunto de la vela fuera pasando poco a poco al olvido. Y para eso bastaba con no volver a mencionarlo y no hacer ningún eco de los comentarios sobre tal hecho, y ser menos permisivo con los rezos a deshoras. Que estaba seguro que eso tendría su efecto. Y esa orden fue dada a los mandos de la nao, la Pinta y la Niña. Él mismo, que había consignado el asunto en su diario de a bordo, arrancó las páginas no sin cierta sensación de vergüenza.

El almirante me confesó en su cámara que, a pesar de todo, le alegraba que el incidente del Cristo hubiera sido un malentendido, una confusión; que el barco, desde aquella aparición, más parecía convento que navío y que a él le tenían más por prior de una orden que por capitán de barco. Continuó diciendo, con una leve sonrisa en el rostro, que era más propio que Dios mirara desde el cielo que desde la mayor. Luego alabó la destreza del dibujo del Cristo y también tuvo elogios para los de la bodega y confesó que los había mandado borrar con gran pesar.

Me preguntó si yo sabía quién era el autor de tales pinturas, yo dudé y finalmente le dije que estaba al tanto de ello pero que no podía confesarlo porque a mí me lo dijeron como cosa secreta.

—No te obligaré a revelarlo, y admiro tu valentía, y tu lealtad, que ésa que tienes con otros también me afecta a mí. Por otro lado estoy seguro que ni el Santo Oficio con sus maneras severas lograría arrancarte tal nombre —me dijo—, ya ves, me rindo sin presentar batalla, convencido de que sería derrotado. Guarda tu secreto, mi querido amigo.

CAPÍTULO XII

Alonso ❦ La cofa de la Santa María ❦ Un taller de arte en Génova ❦ La cruzada de los niños

Diré que a través de Rodrigo trabé amistad con el tal Alonso Álvarez. Ese grumete era de carácter pacífico, rehuía las peleas, aunque por la fortaleza de su cuerpo pareciera proclive a ellas. No se mostraba muy hablador, y poseía gran generosidad, eso era cosa que se advertía con sólo mirarle a los ojos y eso que yo no soy de esos que saben descubrir el alma de los hombres a través de sus miradas.

No sabía leer y como no ignoraba que yo le estaba enseñando a Rodrigo quiso que hiciera con él lo propio.

—No se puede ser de este oficio del arte sin conocimientos sobre las cosas del mundo, y esos conocimientos están todos, según tengo entendido, en los libros. Quiero aprender para leer de cabo a rabo la santa Biblia y poner en imágenes lo que allí se dice.

Se ofreció a pagarme por mi trabajo al terminar la travesía con el sueldo que percibiera y yo le dije que lo haría de balde y con agrado, porque era de la orden de los franciscanos y que esa comunidad no tiene tratos con dineros, que toda ayuda ha de hacerse por amor. Aceptó Alonso mis condiciones, de modo que ya tenía yo dos alumnos a bordo, de lo cual me sentía orgulloso, porque me habían enseñado que es cosa para sentir orgullo el ayudar a los demás.

Aprendía Alonso bien y deprisa, le parecía cosa de magia que aquellas formas sobre el papel contaran cosas tan fantásticas. Como tenía mano de artista su caligrafía era bonita. No disponíamos de mucho tiempo para las clases, porque el trabajo a bordo era muy intenso y duro, sobre todo para él, porque era algo mayor y fuerte y por ello tenía encomendados trabajos más penosos. En una ocasión, tras terminar Alonso su turno de vigía de proa, le salieron al paso dos de los otros mozos grumetes, invitándole a pelear; como marchaba a mi encuentro para continuar con las enseñanzas rehusó la pendencia. Y como ellos insistieran en la provocación, Alonso les invitó a que, sin dilación, le pegaran lo que creyeran conveniente, que tenía prisa, como los otros seguían con las burlas y sin dejarle pasar, él mismo se golpeó contra el palo de mesana haciéndose una brecha y visto aquello los otros grumetes le dejaron pasar llenos de perplejidad por sus modos, que decían que eran propios de loco. Así era mi nuevo amigo.

Muchos pensaban que era un cobarde y yo le pregunté si tal insulto no le provocaba dolor y me dijo que era lo mejor para no tener que pelear. Que en aquellas circunstancias no tenía tiempo de tales asuntos. Además, añadió, que la valentía de la que ellos hablaban era propia de gentes de guerra y que él no pertenecía a tal industria. No era cobarde, aunque su valentía era de otra forma. Un día, los otros grumetes se apoderaron de mi alcatraz y comenzaron a martirizarle, yo no lograba arrebatárselo y entonces intervino él. Se peleó con tres de los mozos, le dieron de lo lindo: un ojo morado y golpes por brazos y piernas, pero Alonso liberó al ave y me la entregó.

—Gracias —le dije.

—Esto no lo hecho por ti, aunque te debo mucho, lo he hecho por el pájaro, que no me gusta que se ensañen con los indefensos —respondió.

—Dime Blas —me preguntó el señor don Cristóbal Colón otro día—, ¿el que hizo el rostro de Cristo en la vela es uno de los grumetes? No quiero sonsacarte con artimañas para castigar al culpable, todo lo contrario, admiro lo que hizo; por otro lado su imagen de la vela apaciguó los ánimos de la tripulación y yo he ganado unos días que me han sido de vital importancia. Y sólo por eso debería estarle agradecido, y créeme que lo estoy, si te pregunto tal cosa es porque deseo ayudarle.

Le creí y, aunque no le dije el nombre, le contesté afirmativamente a su pregunta, con un movimiento tímido de mi cabeza.

—Seguramente querrá ese muchacho ganarse el sustento con ese don que ha recibido de Dios, ¿digo bien, mi querido Blas?

Yo asentí otra vez.

—Quizás eso de la vela no fue otra cosa que una señal divina para que alguien le echara una mano en su vida, para que no se perdiese tal virtud. ¿No estás de acuerdo?

No me salían las palabras de la boca tratando de tal asunto y me servía de movimientos de cabeza para responder. Hacía tal cosa como temiendo que las palabras delataran a mi amigo, y de nuevo asentí, con un movimiento que apenas se notaba.

—Dios se sirve de los asuntos curiosos para hacerse oír, para ayudar a sus criaturas. Con eso del rostro pintado nos ayudó a los dos, a él y a mí, como quiera que se llame. Que tal acontecimiento no fue casual, que vino en circunstancias bien adversas…

Esa vez logre pronunciar una palabra

—… Sí.

—Ese muchacho —prosiguió el almirante—, fue un instrumento del cielo para ayudarnos en esta empresa. Escucha bien lo que te digo, mi querido Blas, nada de lo que ocurre a los hombres, ni tan siquiera a las bestias, es fruto del azar, que todo lo que ha de suceder está escrito en el libro divino. Las tripulaciones de estos barcos se habían olvidado de Dios pero todos entendieron, al contemplar su imagen, que Dios no se había olvidado de ellos. El destino de ese muchacho no está en el mar, haciendo trabajos de índole grosera, aunque dignos y necesarios, y pintarrajeando en las maderas y en las velas en las horas de descanso, que no es ese el lugar que corresponde a tal virtud. Que por una vez está bien, pero que no ha de repetirse. La imagen de Dios hecha con ese amor ha de ocupar un lugar en su casa sagrada, en la iglesia. Te diré que conozco a un artista que tiene un taller en Génova, allá en el país de Italia, y que le podría acoger si yo se lo pido, pues nos une una fuerte amistad. ¿Crees que Dios nuestro señor estará de acuerdo con tal recomendación?

—Estoy convencido señor —respondí con voz más animada y una sonrisa en los labios.

—Y, ¿crees que ese muchacho lo estará también?

—Lo creo señor… —dije con emoción.

—Yo llegué una vez derrotado hasta un monasterio, y allí fui bien acogido, y luego apoyado, comprendido y ayudado en mi proyecto. Nada hay peor que la ingratitud, yo contraje una obligación al aceptar aquellas ayudas, este asunto de la vela me permite pagar algo de mi deuda. Otra parte la estoy pagando contigo.

No respondí a tal aseveración.

No tardó el almirante en escribir su recomendación en un papel con una bonita caligrafía, que para eso era hombre que dominaba el arte del dibujo, aunque él dibujara territorios y no figuras. Agitó el papel para que secara la tinta y me lo entregó para que se la diera yo a su admirado desconocido. La carta incluía unos seis maravedíes, con una nota que decía: ayuda para el viaje a Génova.

—Gracias en nombre de…

—¡Calla, Blas! ¡Calla!

Busqué a Alonso por el barco y me dijeron que estaba de vigía en la cofa, y sin darme cuenta yo estaba allí arriba junto a él… yo que sentía pánico por las alturas había trepado hasta lo más alto del barco apenas sin sentir temor alguno.

—Cómo es que has subido hasta aquí… —me dijo Alonso asombrado mientras me cogía por el brazo para ayudarme a subir el último tramo.

—No podía esperar... —contesté sin aliento.

—¿No tenías miedo?

—Ahora no hay tiempo para eso, ya lo tendré después de que te cuente lo que te tengo que contar.

—Has podido matarte. Vamos siéntate y no te levantes...

Y para más seguridad me ató por la cintura con un cabo a uno de los palos de la cofa.

Tomé resuello y le mostré la carta, luego se la leí, y aún tuve que darle más explicaciones, y el pobre Alonso no se lo podía creer.

—¿Y dices que esta carta es del almirante? Repíteme eso de que me recomienda para trabajar en el taller de un artista en... en la ciudad de Génova.

—Así es...

—¿Y esa ciudad dónde está...? Descansa, estás pálido...

Era el palo mayor de nao de gran grosor, en su base un hombre no podía abarcarlo con los brazos, estaba hecho para resistir, pero allá arriba pareciera que se fuera a romper como si de un junco se tratara. La cofa se movía de un lado a otro y había que estar bien sujeto para no dar con los huesos en la cubierta; la vela mayor se estrellaba, bajo nuestros pies, de continuo contra el mástil, según el empuje del viento, y el ruido era como el restrallar de cien látigos. Sobre las cabezas teníamos la otra vela, que aunque era más pequeña se comportaba del mismo modo. El vigía tenía que situarse detrás del palo para que sus embestidas no le golpearan; para mirar el horizonte de popa era preciso hacerlo inclinando la cabeza y bien sujeto al aro de hierro de la cofa. Era preciso hablar a gritos, pues el viento arrastraba las palabras y éstas no se oían. Lo que desde abajo parecía un trabajo tranquilo suponía un esfuerzo enorme que te dejaba exhausto. Aparte del enorme peligro que suponía.

—¡Génova está en otro país, uno que se llama Italia! —contesté tras tomarme unos momentos para reponerme.

—¿Y está lejos?

—¡Lo está...!

—¡No importa, llegaré!

Alonso no se desanimó, hubiera ido hasta el fin del mundo para aprender arte, y no cabía de gozo por aquella promesa. Se rasgó un trozo de su camisa y envolvió la carta en ella, luego se arrancó una cuarta de cordón de su jubón y la dejó bien atada, después se la guardó entre su pecho y la camisa. Y ya toda su ilusión era viajar hasta Italia y trabajar en el taller de aquel artista. No sé cuántas veces me dio las gracias, a mí, al almirante, a Dios y al mundo.

Calculó el salario que recibiría al volver a España, unos 400 o 500 maravedíes y cuánto le costaría viajar hasta Génova, y no le salían las cuentas, tendría que trabajar en lo que fuera después del viaje hasta reunir lo necesario.

—Cómo puedes soportar estar aquí —le dije.

—A la fuerza ahorcan —contestó.

—Es como un castigo.

—Si te lo tomas con alegría, hasta resulta divertido. Mira hacia abajo, desde aquí esos bravucones parecen simples hormigas...

Miré hacia abajo y sentí mareo, la cubierta de la nao parecía muy pequeña, si perdías el equilibrio y caías de la cofa, lo más probable era que fueras directamente al mar...

—No lo entiendo, mi dibujo causó un gran lío y él me premia con esta carta y los maravedíes. ¿Sabe quién soy yo?

—No, pero está agradecido y admirado, agradecido porque tu imagen apaciguó los ánimos de la tripulación, y admirado de tu don, que él dice que es un don de Dios el que tú tienes en tus manos.

Como había una gratificación de más de 10.000 maravedíes para aquel que viera tierra, Alonso repartía sus horas de descanso entre las lecciones que yo le daba y la tarea de vigía, subiendo lo más alto que podía, en su afán por lograr descubrirla el primero y conseguir el premio.

Aquella ayuda que el señor don Cristóbal Colón dispensaba a Alonso era consecuencia de la gratitud que le debía, como ya he referido, pero había más en aquella consideración: el almirante sentía una especial preocupación por los grumetes de la nave, y con frecuencia salía en nuestra ayuda en momentos en que la marinería abusaba en exceso de alguno de nosotros. Yo pensé que en todos nosotros creería ver a su hijo ausente; pero un día me dio, sin preguntárselo, su explicación:

—Los genoveses somos así, tenemos en gran estima a los pequeños, y eso es algo que viene de lejos, algo así como una tradición.

Y me contó una historia:

—Hubo una vez una cruzada de caballeros cristianos, gentes de muchos países y condiciones, que acudieron a la llamada del Papa para devolver las tierras santas de Palestina al cristianismo, pues esos lugares son sagrados y se encontraban en manos del infiel. Pues te diré que fue organizada tiempo después otra cruzada, en la que participaban niños, por dos monjes que sólo pretendían venderlos como esclavos en África. El Papa Inocencio ignoraba este extremo y se sentía conmovido por tal iniciativa. Los niños fueron embarcados en un puerto de Francia. Muchos perecieron en un naufragio, otros llegaron a África y sufrieron esclavitud, pero por extraños vericuetos, buen número de esos desdichados llegaron hasta Génova, y allí los genoveses, en lugar de esclavizarlos o dejarlos solos en su desgracia, les dieron casa, comida y afecto, y cuando fue posible los devolvieron a sus países de origen, a sus casas, a sus familias... otros se quedarían para siempre en nuestra ciudad. Desde entonces en Génova ha ido en aumento esa estima a los niños, y bien sabes, mi querido Blas, que yo procedo de esas tierras...

Pensé yo que siendo eso así, Alonso sería allí acogido con cariño.

Pero cuando le conté la historia de la cruzada de los niños, me dijo, con tristeza, que él ya estaba dejando atrás la niñez y que debía darse prisa o cuando llegara allí ya sería un completo adulto, y en eso tenía razón.

Luego me pidió que le consiguiera un mapa donde estuviera el país de Italia.

Yo le llevé al señor Colón ese deseo de Alonso, y él buscó entre sus mapas uno donde estaba dibujado aquel país, que me prestó sin hacer más preguntas. Alonso quedó extasiado, pasaba el dedo por la ruta que debía seguir desde España hasta Génova. Copió ese mapa en un trozo de madera con la ayuda de un clavo y luego se la colgó al cuello con un trozo cordel de cáñamo. Ya tenía dos tesoros: la carta de recomendación del señor Colón y el mapa de Italia. Y el más importante que puede alguien poseer: un motivo para luchar, para resistir.

Capítulo XIII

La carne de membrillo y los recuerdos ❦ Elena ❦ Una página de un libro

Y en el rincón aquel de la bodega que había hecho mío, en penumbra, que no siempre disponía de un cabo de vela, en compañía de las ratas y del alcatraz, me pasaba las horas y Rodrigo me preguntaba intrigado una y otra vez qué era lo que me atraía de ese lugar, y yo no sabía qué contestarle. Pero cierto era que, a medida que los días de navegación pasaban, le iba yo perdiendo afición al tal sitio, pero no era aburrimiento de él, sino vacío en alguna parte de mí, y me pregunté cuál sería el motivo de tal desinterés. Era como si, desde algunos días atrás, aquel rincón no fuera el mismo, y constaté más tarde que tal indolencia vino cuando las existencias de la carne de membrillo se acabaron o fueron trasladadas de sitio… y me puse a darle vueltas a tal misterio, y llegué al discernir que aquel olor me recordaba el monasterio de la Rábida, porque una señora que tenía huerta y casa a poca distancia de él era maestra en hacer carne de

membrillo y cada cierto tiempo llevaba una porción de este dulce a nuestra comunidad para que lo saboreáramos, y yo era el encargado de recoger el presente. Y pensé que quizás fuera ese olor, del que estaba sobrado aquel rincón de la bodega, por ser el sitio destinado a su almacenamiento, el que me traía recuerdos y añoranzas de mi antiguo hogar. Pero no quiero atribuirme todo el mérito de tal conclusión, porque fue Rodrigo el que me puso en el camino cuando dijo que ya no quedaban manzanas en la nao y que lo lamentaba porque su olor le recordaba un manzano que había cerca de su casa al que trepaba siendo pequeño, y con él le venían recuerdos de su madre… y mi amigo llegó a tal conclusión sin que le diera importancia, y sin quebrarse la cabeza en cábalas. Pero fue entonces cuando comprendí que me pasaba cosa parecida a mí con el membrillo, que, sin darme cuenta, en aquel sitio, si cerraba los ojos, se me presentaban en las mentes las piedras del claustro del convento, y los árboles del huerto, y los tomates, y el olor de los hábitos de los frailes… y hasta el roce de mis manos con su áspero tejido. Y con frecuencia se me aparecía la imagen de un ciprés solitario que había en la ladera, allá por donde se despedía el sol en las tardes de verano; y el tomillo que inundaba los campos en la primavera… Pero no estaba yo del todo conforme con tal discernimiento, sabía que había algo más, un recuerdo de aquellos días que no acertaba a ver transparente, un rostro que surgía como entre la niebla y el humo de la distancia y el tiempo y que aparecía y desaparecía en un instante. Me esforcé durante días para retenerlo en mi cabeza siquiera lo necesario para identificar tal semblante. Sabía que para ese propósito necesitaba de nuevo el olor del membrillo; pero ya no quedaba ni una pizca en la bodega. A pesar de ello arrastré mi nariz por donde había estado, pero otros olores como el de la madera húmeda acabaron con él. Y yo le conté mi pesar a Rodrigo, que ya no se extrañaba de mis rarezas y, simplemente, si podía me ayudaba. Y él que sabía todo cuanto ocurría a bordo y todo cuanto había, supo que un marinero, que era de la ciudad de Valencia, conservaba un trozo de membrillo, la última ración. Que temiendo que terminaríamos perdidos en aquel océano, reservaba cada día la mitad de su comida para poder sobrevivir en caso de que se cumplieran sus presagios. Le localizamos y le pedí que me prestara su trozo de su membrillo.

—¿Por qué voy a prestarte mi membrillo? Muchacho de los demonios… qué ocurrencia —me dijo.

—Es sólo un momento… —intervino Rodrigo.

—¿Te lo comerás en sólo un momento…? ¡No! Es mío…

—Sólo quiero olerlo… —dije yo.

—¿Olerlo? Tú estás chiflado… o tienes demasiada hambre…

—Será sólo un momento —insistí.

—¿Y tú que me dejaras oler a mí…?

—Te daré el arenque de la ración de hoy.

—No irás a comparar el olor de un arenque con el de la carne de membrillo… —rió.

—Yo oleré tu membrillo y tú podrás comerte mi arenque.

—¿Estás seguro…?

—Lo estoy…

—De acuerdo. Trato hecho —dijo el marinero, convencido de haber hecho el negocio de su vida. Pero tras darme el membrillo me hizo una severa advertencia.

—Sólo olerlo, ése es el trato, si te comes mi carne de membrillo, aunque sólo sea una pizca, te mato, te corto el cuello y te tiro por la borda para que seas pasto de los peces. Y no te olvides del arenque.

Pasé horas a oscuras en la bodega, con la carne de membrillo, acercándola y separándola de mi nariz. Allí, solo, con los ojos cerrados me esforcé en recordar. Todas las imágenes de la Rábida desfilaron por mi cabeza, y de pronto acerté a ver con mayor claridad la imagen que buscaba. No había duda, era la cara que antes se me había estado escurriendo entre las sombras del tiempo, como se desliza el agua de una fuente entre los dedos... era el rostro de la hija de la señora que nos traía el membrillo al convento, con su piel iluminada, como si tuviera una luz en su interior, con sus ojos claros y grandes, y el pelo oscuro apenas visible oculto por un gorro de lino blanco. Antes no había podido retenerla, era como si la hubiera estado huyendo, quizás por timidez o por miedo... porque al dibujarse en mi mente sentí como un deseo de escapar... pero fue un solo instante en el que pude ver a la muchacha, luego su imagen se desvaneció como humo. Por aquel día ya estaba bien, me sentía satisfecho por saber cuál era en realidad el motivo de mi inquietud. Al día siguiente forcé de nuevo mi cabeza en la búsqueda de su rostro, y por algún instante lo logré. Le conté lo que me pasaba a mi amigo Rodrigo y él insistió en que yo era una persona muy rara, en que me ocurrían cosas extrañas. Estaba oyendo nuestra conversación el Portugués, y se entrometió en ella con su voz extranjera y profunda.

—Eso que te pasa no es otra cosa que enamoramiento.

Yo no sabía nada de tales sentimientos, y le pregunté qué quería decir aquello. Y él se esforzó en hacérmelo entender, pero creo que no lo consiguió.

Al día siguiente se me acercó estando yo de vigía en la popa y me entregó furtivamente un papel y me dijo que lo leyera con atención, y que lo cuidara, que debería devolvérselo lo más tardar al mediodía. Era una página de un libro, la parte inferior estaba quemada. La leí hasta aprendérmela de memoria, decía así:

... el deseo de verla, deseo tan poderoso que mata y destruye en mi memoria todo lo que contra él se pudiera levantar; y por ello inducido por tales pensamientos, me propuse escribir ciertas palabras, en las que disculpándome ante ella por tal censura, dijese también parte de lo que me sucede a su lado; y escribí el soneto que empieza: lo que se me opone.

Lo que se me opone muere en la mente,
hermosa alegría, cuando voy a veros;
y cuando estoy cerca de vos, oigo que el amor dice:
"escapa, si te asusta morir".
El semblante muestra el color del corazón, que,
desfallecido, se apoya donde puede; y por la ebriedad
del gran temblor pareciera que las piedras gritaran:
muere, muere...
Peca quien entonces me ve
y no consuela mi alma afligida
demostrándome que de mí se duele...

Eso era todo, no comprendí bien lo que decía pero en el instante mismo de terminar su lectura vislumbré lo que me pasaba... De alguna manera en aquellas palabras estaba todo expresado. Quise saber qué era aquella lectura, y pedí al Portugués que me hablara de su significado. A esas alturas yo ya no le temía, no me parecía que estuviera loco, si no que pensaba que era el único cuerdo entre la marinería. No sentía inquietud con su presencia, bien al contrario sus palabras me envolvían como si de un suave y caliente paño se tratara. El Portugués atendió mi demanda complacido.

En efecto, se trataba de la página de un libro, uno que él poseyó y que le fue arrebatado por unos labriegos de la aldea llamada Escalona allá por las tierras de Toledo, donde él residía por aquel entonces. Los labriegos, por burla, se lo echaron al fuego y el sólo logró rescatar una página. El libro en cuestión se titulaba *La vida nueva,* había sido escrito muchos años atrás por Dante Alighieri, e impreso, con gran esmero, en un taller de Valencia.

Me habló de tal obra y también sobre su autor, no ahorró detalles.

Toda la vida y la obra de Dante, hombre nacido en la ciudad de Florencia, estuvo inspirada por el amor que sentía por Beatriz Portinari, a la que vio por primera vez cuando él contaba nueve años de edad. La gentil muchacha murió prematuramente y el poeta sólo habló con ella un par de veces. Pero siempre viviría en su corazón.

Quedé conmovido por tan bella historia, cuyos detalles exceden el propósito de mi relato, y sentí cómo el temor hacia aquel hombre, despreciado por todos, se iba tornando en admiración y afecto. Otro día le pregunté por qué me estaba ocurriendo aquello en el barco y no antes en la Rábida, y él me contestó que me había hecho mayor a bordo.

El mar nos da años con más generosidad que la tierra firme... —me dijo—, y es asunto de cada uno administrar esa cualidad. Tú ya no eres un niño, aunque tu aspecto diga que sí. Eres un joven hecho y derecho. Cuando termine este viaje, si es que regresamos, lo harás siendo un adulto, porque has estado en el mar, y no en un viaje cualquiera, has estado en unos mares desconocidos y nuevos para el hombre… Te dije en una ocasión que los marineros no son hombres, que son otra cosa… y eso no es del todo cierto, el mar también hace el milagro de poner al descubierto las almas generosas.

El Portugués me miró con una sonrisa apacible y sin decir nada más se fue.

Ya sabía qué era lo que me atraía de aquel lugar angosto y sombrío que era la bodega, conocía aquella fuerza que había hecho que superara los miedos y la soledad, ya sabía que mis desvelos eran por mi tierra tan lejana; por el monasterio donde tan feliz había sido, por el recuerdo de los frailes a los que tanto afecto cargado de gratitud les tenía; pero, sobre todo, mi cabeza y mi corazón los ocupaban aquella muchacha de rostro difuso. Y sólo de pensar semejante cosa me ruborizaba. Y en mi deseo de hacerla más tangible, de sentirla más cercana quise saber su nombre y busqué en mi memoria sonidos, palabras… Un nombre, el de la muchacha, pronunciado por su madre, en un empeño igual al de antes buscando su imagen. Aquella mujer debió llamar a su hija en más de una ocasión en mi presencia. Y me estrujaba la cabeza haciendo memoria. Al final llegué a la conclusión de que tal nombre era el de Elena. ¡Sí! Ése era su nombre sin lugar a dudas. Elena.

Y con frecuencia, en la soledad de la bodega, junto al alcatraz, que se iba recuperando de su ala rota, y media docena de ratas que eran ya buenas amigas, yo suspiraba aquel nombre:

—Elena, Elena, Elena... —y quise subir otra vez hasta la cofa de la Santa María, venciendo mi miedo a las alturas, y lo hice y, grité allí, cerca de las nubes ese nombre, con todas las fuerzas de mi voz y mi pecho.

Y seguía yo con mi empeño de retener en mi cabeza la imagen de la muchacha, tan difusa, y se me ocurrió hacer un encargo al tal Alonso Álvarez, el grumete pintor: se trataba de que él, con mis indicaciones sobre la forma de la cara de Elena, y de sus ojos, y de su boca... dibujara su retrato. Se lo propuse y él accedió de buen grado, compré al carpintero de a bordo una madera fina y lisa, por el precio de medio maravedí, dos arenques y un par de galletas, que iba ahorrando de mi ración de comida.

Yo le iba indicando a Alonso los rasgos de Elena: la frente más amplia, la nariz más pequeña... ¡no tanto! más grande... los labios así... el pelo de esta forma... En aquellas sesiones yo no tenía una clara idea de lo que indicaba, pues la imagen que tenía de ella era muy difusa y él tenía que borrar y volver a dibujar. Era digna de encomio la paciencia que tuvo conmigo mi querido amigo Alonso, y ni una sola queja salió de su boca en aquellos días. Al fin dimos con el rostro de Elena: surgió de la madera de forma casi milagrosa..., y yo creí estar viéndola como si estuviera delante de mí en aquellos lejanos días en la Rábida. Le quise pagar con los dos maravedíes que me quedaban, pues se los había ganado y él se negaba diciendo que era el justo intercambio de favores por lo de enseñarle a leer y a escribir; y por haber conseguido la carta de recomendación del almirante, sin olvidar el mapa de Italia. Yo insistí y finalmente tomó un maravedí diciendo que lo reservaría para el viaje que tenía que hacer a Génova cuando desembarcáramos. Se sintió a pesar de todo muy orgulloso de haber hecho una pintura por la que le habían pagado.

Como estaba hecho con carbón y éste es de gran fragilidad, ingeniamos un sistema para que estuviera protegido, se trataba de una tapa también de madera unida con un cáñamo a la primera por uno de sus bordes, de modo que para verlo sólo había que levantar la protección.

Aquel retrato lo guardé con esmero y lo miraba sin cansarme, antes de empezar las tareas del día y también cuando las terminaba. Me ayudaba a permanecer despierto durante las guardias. Yo no sabía nada de eso del amor, sólo que no podía estar sin mirar aquel retrato que guardaba entre las ropas. Ardía en deseos de tener a Elena frente a mí, y sólo pensaba en la hora del regreso. Pero me preocupaba el no saber qué decir cuando estuviera frente a mí. Probablemente quedaría mudo, pero para eso aún faltaba tiempo, y entre tanto recitaba aquello de Dante que aprendí en la página quemada.

El Portugués me dijo que no me preocupara de no ser correspondido, que lo importante era lo que yo sentía, que tal sentimiento era un privilegio que no todos los hombres han tenido la dicha de experimentar.

El alcatraz estaba ya recuperado y decidí que era hora de que volviera al cielo de donde procedía. Que la tierra era ajena a su naturaleza y más un barco. No tendría problema en dar con sus hermanos a pesar de la distancia, sus alas volvieron a ser fuertes y firme su voluntad de volar. Lo llevé hasta la popa al despuntar el alba. Se desprendió de mis manos suavemente, por un instante pareció que no podría mantener su vuelo y casi rozó las aguas púrpuras, me estremecí temiendo que cayera, pero en un esfuerzo supremo se elevó majestuoso por encima de ellas, los aires parecieron reconocerle y le acogieron de nuevo como a un amigo, y se perdió entre las nubes. Fue una visión maravillosa que mi memoria no quiere olvidar.

Capítulo XIV

El segundo motín en la Santa María ❦ Una mentira que no lo fue

El discurso del capitán de la Niña había logrado calmar los ánimos de los hombres de a bordo, sus palabras acabaron con los temores que oprimían sus corazones y les devolvió la confianza en el éxito de la empresa. También contribuyó a ello la imagen pintada por Alonso. Pero pasando los días volvieron los miedos y la desconfianza a bordo de los tres barcos. Los marineros se empezaron a preguntar sobre un viaje del que tan poco sabían, y eran muchos los que lamentaban el haberse embarcado. Todo eran rumores y rostros sombríos, cuando no de rabia. El almirante les sometía a intensos trabajos a bordo, convencido de que la continua ocupación y el agotamiento de sus cuerpos evitaría que ideas peligrosas se instalaran en sus cabezas. Esto era común en todos los navíos, por rutinario que fuera el viaje. Son los marineros gentes simples y brutas, en los que la holganza actúa como un veneno, están hechos no para pensar sino para obedecer, porque el mucho pensar les sienta mal, y enseguida son presas de temores o nostalgias. Pero todas aquellas medidas, incluidas las reiteradas promesas del éxito de la misión que les hacía el almirante, se mostraron ineficaces. Pasaban los días con su hiriente monotonía, los ojos de la tripulación no se apartaban de la línea difusa del horizonte para ver si divisaban tierra, y ésta seguía mostrándose esquiva. Todos se movían inquietos por el barco, y algún castigo se tuvo que aplicar cuando los temores de algunos se hicieron peligrosos e incitaban a la rebelión. Pero ya estaba asumido por la mayoría que estábamos perdidos en medio de mares misteriosos y que el almirante ignoraba el rumbo a seguir. El señor don Cristóbal Colón intentaba mostrarse firme y con su voluntad intacta y aquella entereza apenas aportaba ánimos. Y sólo la aparición de unos hierbajos en el agua o el vuelo lejano de algún pájaro, hacían renacer alguna leve esperanza. La cofa estaba a menudo ocupada por dos y hasta por tres marineros, de los que aún conservaban alguna esperanza, escrutando el desolado horizonte, ansiando tierra… Ya poco importaban los maravedíes para quien la divisara. El mayor tesoro era volver a sentirla firme y caliente bajo los pies. El horizonte era una línea difusa y huidiza. Cada vez eran más los que se pasaban al bando de los desesperados, el de los que pensaban que nunca regresaríamos. Ya pocos lograban conciliar el sueño, y se les veía por las noches vagar por la nave sin saber dónde ir, eran hombres que andaban perdidos por un barco perdido.

Y yo veía al señor Colón triste y taciturno, aunque él evitaba dar tal imagen de sí mismo, porque eso hubiera desanimado más aún a la tripulación. Y era en la soledad de su cámara cuando se abandonaba por unos momentos a sus angustias. Luego, pasado un rato, recobraba la altivez propia de su cargo.

—Al capitán no le es permitido el desánimo —me decía.

Y yo, que no me embarqué con buena disposición, sino forzado por las circunstancias, que estaba sufriendo aún el aprendizaje de la vida a bordo, en aquellos días estaba sumamente abatido, o mejor tendría que decir aterrado. Pensaba con frecuencia que ya nunca volvería a estar en tierra firme, que moriríamos en el barco de hambre y sed, o lo que era aún peor, que caeríamos en una isla habitada por gentes hostiles, a las que serviríamos de comida, que ese temor también oprimía los corazones de la tripulación. Eso si antes no habíamos terminado en el estómago de uno de aquellos enormes monstruos marinos a los que se refería el Gallego, o devorados por las fauces, más terribles aún, del mar, como temía mi amigo Miguel Freire, el Portugués.

Y lo que mas me dolía era no volver a ver a Elena en persona, porque el retrato que tenía de ella no me abandonaba. Creo que aquella imagen me ayudó a resistir, y a no sucumbir a tales espantos.

Al amanecer y al ponerse el sol se juntaban los tres barcos, que en esas horas es posible ver más lejos que en otras, pero sólo agua y más agua ante nuestros ojos cansados. Y todavía estaba en el recuerdo de algunos la imagen del Cristo sobre la vela, y ya no sabían discernir si tal hecho ocurrió en realidad o fue sólo fruto de la desesperación, que ver cosas inexistentes es cosa que ocurre con frecuencia en el mar.

El almirante intentaba tranquilizar a la tripulación insistiendo que en los próximos días aparecería la tierra que andábamos buscando. Pero sus palabras servían ya de muy poco, porque el miedo y la incertidumbre se habían apoderado ya de todos y ya era difícil razonar con ellos. Se rumoreaba que los vascos y los gallegos eran los que se mostraban más severos, y llegaron a proponer deshacerse del almirante, conviniendo que había muerto de enfermedad, y así regresar a España, aunque tan grave conspiración nunca fue probada.

Ya no se cantaba ni bailaba al crepúsculo, y todos estaban taciturnos, y se dieron peleas que el almirante procuraba pasar por alto, que cualquier cosa valía para tenerles distraídos.

Oía a los marineros anunciar los más terribles presagios, y los evitaba, pero no era fácil, ya que todos repetían la misma y siniestra cantinela: terminaremos perdidos y nos moriremos de hambre y de sed. Se sabía de tripulaciones que habían acabado comiéndose entre ellos, primero a los grumetes, más tarde a los más débiles y así hasta morir todos. Y los muchachos nos sentíamos como corderos en un redil, como eventual comida si era necesario, y muchos de mis compañeros veían como inevitable ese trágico final, y alguno decidió no comer, para así ser menos apetitoso en caso de que se llegara a tal extremo. Y el Gallego insistía en que se cumplirían sus presagios y que seríamos engullidos por las criaturas que habitaban los abismos del mar. ¿Y cómo se comportaban mis amigos Alonso y Rodrigo en tales circunstancias? Alonso mataba el tiempo pintando donde podía, que ya esas menudencias nada podían importar, y a él aquello le reconfortaba sobremanera. En una ocasión en que todos éramos presa de la desesperación tras comprobar que una vez más lo que parecía tierra no lo era, él sonreía porque había hecho el dibujo de una mano sobre una tabla del que se sentía satisfecho. Y seguía mi amigo haciendo cálculos sobre cuánto le costaría llegar a Génova, y si el dueño del taller le admitiría como discípulo. Rodrigo consideraba aquella tragedia como una experiencia que le curtiría como marino, y su ánimo no decaía. Tenía por amigos a dos locos. Y yo no lo era menos por encontrar consuelo en un rostro dibujado sobre una madera.

Fue en medio de aquellas circunstancias cuando el almirante me llamó a su cámara y me dijo:

—Mi querido Blas, estoy convencido de que pronto arribaremos a la ansiada tierra que hemos venido a buscar, pero ya ves que la tripulación está atemorizada y el temor crea enemigos terribles. Corremos el peligro de un motín a bordo, y ello acarrearía el final de la expedición y supondría una deshonra para España y una traición para nuestras majestades, que han concebido esperanzas e invertido grandes sumas de dinero en este viaje. Contéstame a una pregunta y hazlo con sinceridad ¿tienes miedo?

Todas las historias de los monstruos, que emergerían del abismo para engullirnos, o aquello otro de que los marineros se comerían a los grumetes cuando perdidos en el océano faltara la comida... esos temores, otros, pasaron por mi mente ante aquella pregunta, y no podía articular palabra. El almirante volvió a interrogarme tomándome por los hombros y zarandeándome.

—¡Contéstame, Blas Tascón! ¿Tienes miedo?

—Sí... —le contesté con un susurro imperceptible.

—No te he oído.

—¡Lo tengo señor...!

Repetí haciendo un esfuerzo.

—Eso está bien —dijo él, poniéndome la mano por la cabeza. Y añadió—: Escúchame con atención. La fortaleza que se me supone a mí como capitán de estos barcos no basta para contener a la tripulación ni darles seguridad en este trance, es la debilidad que se te supone a ti, el Benjamín del barco, la que nos salvará en estas difíciles horas —yo había leído la Biblia y sabía lo que quería decir con aquello del Benjamín, pues era el llamado Benjamín el más joven de los hijos de Jacob. El señor Colón volvió a poner sus manos sobre mis hombros delicadamente, aunque noté una fuerza contenida en sus brazos, luego se agachó para poner su cara a la altura de la mía, me miró a los ojos y dijo con energía—: Mañana al amanecer te confundirás con la tripulación, yo te buscaré entre ellos con la mirada desde el puente de popa, te llamaré y te preguntaré si tienes miedo de la situación, y tú contestarás con voz decidida que no. Luego te preguntaré si confías en tu almirante y contestarás afirmativamente con la misma decisión, y volveré a preguntarte si defraudarás la confianza que han puesto en ti los reyes de España y volverás a decir que no. Lo demás corre de mi cuenta. ¿Lo harás por España y por tus majestades? ¿Lo harás por mí, Blas Tascón? Ten en cuenta que te estoy pidiendo que mientas; a ti te corresponde decidir si tal mentira contraviene las enseñanzas que los frailes te han dado, y si con ella hieres a Cristo. Sólo tengo que decirte que esa mentira hará fuertes a los hombres y que tal fortaleza la necesitan para no sucumbir en este trance, para sentirse dignos de ellos mismos, y eso ha de pasar por descubrirse cobardes primero. Si no estás de acuerdo con lo que te pido no te obligaré.

—Lo haré señor —dije yo resuelto—. No pierda cuidado.

—Te lo volveré a preguntar, ¿tienes miedo grumete?

—No lo tengo —contesté con fingida firmeza.

Estábamos en la cubierta de popa, iluminados por la luz del farol. El almirante don Cristóbal Colón, tras un largo silencio me dio las gracias, pleno de emoción.

—Ahora vamos a dormir, mañana nos espera un día plagado de incertidumbres.

No había amanecido cuando nos dispusimos para representar la función. Yo ya estaba confundido con los hombres. El almirante salió de su cámara y avanzó con paso firme hasta el puente, llamó la atención de los marineros y habló:

—Escuchadme todos, os habla vuestro almirante. Sé que sois presa del desánimo y la desesperación, pero es en esos momentos cuando los hombres han de dar la medida de sí mismos. Os miro y me siento avergonzado. Sé que habéis llegado a conspirar contra vuestro capitán y eso es cosa grave, pero más oprime mi corazón el hecho de veros acobardados del modo en que lo estáis —enmudeció por un instante, y sus ojos me buscaron entre la tripulación y me señaló con dedo—. ¡Tú muchacho! ¡Acércate!

Me abrí paso entre los marineros y me situé frente a él, debajo del puente.

—¡Eres el más pequeño a bordo! Contesta a tu capitán ¿Tienes miedo?

—¡No lo tengo, señor! —contesté con decisión. Pero el viento que rugía entre las aparejos apagó mi voz.

—Más alto —dijo el almirante—, que todos te oigan.

—¡No tengo miedo, señor! —repetí con todas mis fuerzas.

—¿Tienes fe en tu capitán?

—¡La tengo, señor!

—¿Defraudarás la confianza que han puesto en ti tus reyes?

—No lo haré, señor.

—¿Es posible que un niño albergue en su corazón más valor, más confianza en su capitán y sobre todo más lealtad a su patria y a sus majestades que los hombres elegidos para este viaje, que se suponía que eran los más aptos y valientes? ¿Es posible que se hayan cambiado los papeles y que ese niño se haya trasformado en un hombre y vosotros os hayáis convertido en niños asustados? ¿Es posible que los Pinzones y yo nos hayamos equivocado de tal modo al elegiros? —calló por unos momentos y sólo se oía el golpear de las velas sobre los palos y el viento silbando por entre los aparejos, y el mar rugiendo en torno al barco—. ¡No lo creo! —continuó—. ¡Sois hombres, españoles dignos de esa patria! ¡Nadie dijo que este viaje fuera cosa fácil, pero al día de hoy no habéis sentido amenaza alguna, no ha escaseado la comida, y puedo aseguraros que no nos espera otra cosa que la gloria. Volved a vuestros quehaceres y os aseguro que muy pronto hallaremos tierra firme. Yo he venido en busca de las tierras de las Indias y seguiré con ese propósito hasta hallarlas, y lo haré con la ayuda de nuestro señor Jesucristo. ¿Ya habéis olvidado su rostro en la mayor? A la recompensa de diez mil maravedíes, añado otros dos mil y un jubón de seda.

Hubo otro largo silencio, hasta el viento dejó de silbar y el mar cesó en su sempiterno rugir amedrentador.

Los hombres se retiraron avergonzados y volvieron al gobierno de la nave.

El capitán se retiró a su cámara, mientras se empezaban a oír las órdenes de los jefes y un grumete cantaba la hora.

El almirante me felicitó por haber hecho tan bien mi trabajo, por haber mentido de aquel modo. Y luego, imaginando la pesada carga que me supondría llevar una mentira, me reiteró que no se trataba de una mentira, sino de una forma de dar ánimo a la marinería cuando más lo necesitaban. Y me confesó que él mismo había estado engañando a toda la tripulación casi desde el mismo día en que salimos del puerto: ya que en su libro de abordo anotaba siempre menos leguas de las recorridas con el objeto de que no cundiera la inquietud. Pero creo que en aquella ocasión, ciertamente, yo no mentí. Don Cristóbal Colón me habló de tal forma, le sentí en aquel trance, a pesar de todo, tan débil, tan derrotado e incluso tan asustado, que me conmovió y me dio valor, y en aquel momento me vi exento de temores, y con total confianza en mi capitán. En el momento de contestar a sus preguntas supe que nos llevaría de regreso a España. Mi énfasis en las respuestas no era otro que el que da la esperanza.

Luego llegaron los hermanos Pinzón a hablar con el almirante, pues ellos también eran presa del desaliento, y dijeron a don Cristóbal Colón que le darían tres días de plazo para hallar tierra y que al cuarto iniciarían el regreso a España. Mi señor sostuvo una violenta discusión con los capitanes, y cuando yo, por discreción, iba a marcharme el señor Colón me retuvo diciendo que me había ganado el derecho de asistir a tales disputas e incluso a opinar sobre nuestro destino. Hasta aquel punto me tomó en consideración.

Aquella discusión con sus capitanes afectó grandemente a mi señor, que vio en tal amenaza una rebelión en toda regla. Estuvo muy afligido todo el día y toda la noche.

—Léeme un rato ese libro de Marco Polo, mi querido Blas Tascón… Empieza por donde lo dejamos la última vez… que las palabras de aquel viajero puestas en tu boca me devuelvan algo de calma en esta hora.

CAPÍTULO XV

¡Tierra, al fin! ❦ Encuentro con los nativos

—Acércate, mi querido Blas, tú que tienes la vista joven, ¿No ves a lo lejos un resplandor como de lumbre?

Tal requerimiento venía del señor don Cristóbal Colón, que llevaba un buen rato mirando en la oscura noche. Hice un esfuerzo para que mi vista se abriera paso entre las sombras.

—Sí... tal parece —contesté yo después de un rato mirando, sin estar muy convencido.

—Si hay lumbre eso es indicio de tierra. Mi querido Blas, creo que al fin hemos hallado lo que buscamos.

Buena parte de la noche mi señor don Cristóbal Colón estuvo inquieto, y dudando si era conveniente comunicar su hallazgo a la tripulación. Finalmente decidió que no era conveniente que cundiera el entusiasmo por si luego no era lo que él pensaba.

—Que con frecuencia, mi querido Blas, vemos lo que deseamos ver, y no lo que es en realidad —dijo. Y añadió—: Es hora de irnos a acostar.

El día amaneció claro, y la mar estaba calmada. Iba la carabela Pinta delante por querer ver tierra los primeros, y aunque los de la nao Santa María hacían esfuerzos por ganarle no lo conseguían.

—Es mejor esa carabela y más marinera que la nuestra, hicimos bien con cambiarle el velamen en las Canarias —opinó el almirante contemplando sus velas hinchadas por el viento.

Sonaron dos tiros seguidos de lombarda y luego otro más, la agitación se hizo dueña de nuestro barco, porque ésa era la señal convenida para avisar de que se veía tierra.

Un marinero de la Pinta que se llamaba Rodrigo de Triana había lanzado el grito tan esperado:

—¡Tierra, tierra!

El alboroto por la alegría fue grande en la nao al comprobar que era cierto, al fin el horizonte rompía su monotonía. Era una franja parda, pero inequívoca, de tierra, porque se agrandaba a medida que nos acercábamos y su color se hacía más intenso.

Se cantó y se bailó y ya nadie sentía temor.

Al almirante le duró poco la alegría, y me dijo que era entonces cuando resultaba prudente tener temores, porque ignorábamos qué gentes podían poblar aquellos lugares. Y que el temor es una buena arma si se sabe hacer buen uso de él.

Se amañaron bien las velas de la nao. Y se puso la proa al viento.

Cuando se calmaron las emociones, comenzaron las incertidumbres por lo que podíamos encontrarnos en aquellas tierras. Estuvimos largo tiempo observándolas sin desembarcar, intentando ver si estaban habitadas y por qué gentes.

De vez en cuando veíamos a hombres que corrían entre los árboles, parecían estar desnudos y constatamos que no llevaban armas. Ellos también parecían espiarnos a nosotros.

El almirante decidió al fin ir a tierra.

Se prepararon todos los estandartes y se organizó un grupo de defensa, y el almirante, en compañía de Martín Alonso Pinzón y de su hermano Vicente Yáñez, fue en barca hasta la tierra. Se hizo una somera exploración del lugar y, no viendo peligro, el almirante Colón puso el pie en los ansiados lugares y los bautizó con el nombre de San Salvador. En presencia de la bandera real y de otras que traían los capitanes tomó posesión de ella en nombre de los reyes de España. Dejando consignado en letra tal evento y el discurso del almirante. Después cortó un poco de hierba con una espada, que era esa la costumbre en estos casos.

Había allí abundante vegetación, plantas y frutos que nos eran desconocidos. Los que la habitaban andaban entre las verduras, curiosos y esquivos, y en efecto estaban todos desnudos, y se dijo que si no conocían las vestimentas, es que tampoco conocían a Dios y que nosotros se lo enseñaríamos. Poco a poco logramos ganarnos su confianza, y nada mejor que ofrecerles regalos: unos bonetes colorados, cuentas de vidrio, cascabeles, que apreciaron mucho, y ellos correspondían con papagayos y también con hilo de algodón en ovillos, azagayas y otras cosas.

Eran aquellas gentes de carácter manso, no conocían las armas, pues si se les mostraban espadas las tomaban por el filo.

Creían ellos, en su ignorancia, que éramos venidos del cielo. Nos extrañamos de que todos fueran jóvenes, pues ninguno pasaba de los treinta años. Era su piel parecida a la de los canarios, y sus cuerpos eran bien constituidos. Fueron aquellos días de enorme gozo y mayor tranquilidad, al haber culminado nuestra empresa con éxito y sin pasar más penalidades que las angustias de aquellos días pasados...

Pronto levantamos anclas y navegamos en busca de otra isla que al parecer era abundante en oro, y que éste se encontraba como si fueran piedras. Nada más divisar aquella isla, el almirante le puso el nombre de la Española porque decía que le recordaba su paisaje a los de Valencia y a los de Córdoba.

Sin embargo no encontraba yo al almirante contento, y no era porque, de momento, no hubiera indicios de oro.

—No, amigo mío, me temo que no es ésta la tierra que yo andaba buscando, no es Cipango; no son éstas los dominios del Gran Khan...

Pero tenía, a pesar de todo, un talante animado y procuraba ver el lado bueno de las cosas.

—Pero de haber sido éstas las tierras a las que ansiaba llegar, sólo nos servirían para el comercio con sus gentes, no las podría haber tomado así por las buenas para nuestra corona, que eso requeriría otras expediciones preparadas para la guerra. En cambio éstas no pertenecen a nadie, sólo están habitadas por parias que no conocen a Dios y nos tienen a nosotros por gentes de divina condición, y eso nos da derecho a tomarlas para España y tal vez hallemos en ellas oro y otras riquezas. Ya ves, me encuentro por un lado afligido y por otro lado contento. Ahora las tripulaciones me respetan, aceptan de buen grado mi jerarquía. Sólo me preocupa ese Pinzón... el de la Pinta, que me parece que es hombre codicioso.

Algunos de los nativos tenían heridas en sus cuerpos, y el almirante les interrogó sobre cómo se las habían producido, pero la diferencia de lengua le puso en la situación de deducir sus causas y llegó el almirante a la conclusión de que tales heridas habían sido ocasionadas por peleas con gentes de otras islas que venían con alguna frecuencia hasta allí con el propósito de hacerles esclavos. Y pensó Colón que quizás tales gentes fueran guerreros del Gran Khan. De ser así no estaba tan lejos de las ansiadas tierras que vino a buscar, quizás estuvieran cercanas, pero como ya he dicho, sólo eran conjeturas, pues no conocíamos la lengua de aquellos nativos ni ellos la nuestra, aunque ambas partes hacíamos esfuerzos por entendernos.

Podría pensarse que en medio de tales prodigios yo me habría olvidado de Elena, y no fue así. Guardaba su retrato entre mis ropas y cuando tenía un momento de sosiego me paraba a contemplarlo y le hablaba como si estuviera allí conmigo. Mira el plumaje de ese ave, contempla esta rara verdura... y sólo deseaba el regreso a Huelva y verla en su carne y su hueso.

Capítulo XVI

El fin de la Santa María ❦ El fuerte de Navidad

Era el 24 de diciembre. Nos encontrábamos frente a las costas de la Española.

Era media noche, todos dormíamos cuando de pronto sentimos una fuerte sacudida y las maderas de la nao crujieron. El barco se escoró a estribor, parecía que iba volcar pero se mantuvo en aquella posición. Habíamos embarrancado.

El almirante abandonó su cámara y caminaba por la nave sujetándose en los cabos y gritando.

—¿Qué ha ocurrido? —pero la respuesta se la dio él mismo—. ¡Por todos los diablos, hemos embarrancado! ¿Quién estaba de piloto?

—Yo, señor… —dijo un grumete, dejándose caer de rodillas y casi llorando.

—¡Maldito seas..! ¿Cómo diablos estabas tú en el gobierno de la nave?

El pobre grumete no sabía qué decir, y poco a poco se fueron aclarando las cosas: el piloto de la Santa María se había ido a echar una cabezada, pues le vencía el sueño por llevar dos días y una noche sin descansar, y dejó a cargo del gobierno del barco a un grumete que también se durmió haciendo que el barco encallara. El piloto fue duramente reprendido por el almirante. Pero lo más urgente era poner remedio a tal desastre.

Se hicieron grandes esfuerzos para reflotar el barco. Primero se aligeró de peso, todo lo que había en su interior fue llevado a tierra, en un trabajo febril y agotador. Los nativos nos ofrecieron varias de sus casas para albergar todo lo que de valor había en la nao. Luego se intentó arrastrar a la Santa Maria tirando de ella con las barcas nuestras y las de los nativos, pero todo fue inútil. La enorme mole de madera sobre el banco de arena parecía una roca imposible de arrancar del suelo. El almirante desistió del propósito de reflotar la nave y decidió, no sin tristeza, desguazarla y construir con sus maderas un fuerte. No dejó que tal contratiempo le afectara en demasía y asistió con entereza al espectáculo de ver su nao destruida por sus propios hombres. El almirante era fuerte de espíritu, y nada podía vencer su ánimo. Tampoco podía permitirse mostrar debilidad. Y para combatir la pena habló con desdén de su barco. Dijo que era terca de gobierno y poco rápida.

Trabajamos todos muy duro en la construcción del fuerte, mis manos tenían la piel desgarrada y con ampollas que derramaban su pus sin que hubiera tiempo para quejas. Al fin, tras un trabajo agotador, la construcción quedó terminada, daba gloria verla, la nao no había desaparecido, sólo se había trasformado,

al igual que les ocurre a los gusanos de seda que se vuelven mariposa, aunque tal ejemplo había que verlo del revés. Al fuerte le pusimos el nombre de Fuerte de Navidad por coincidir la fecha del desastre con la conmemoración del nacimiento del hijo de Dios.

Los trabajos se hicieron con la ayuda que nos prestaron los indígenas. Que estaban muy compungidos por el desastre de la Santa María. Su jefe había llorado desconsoladamente y también los hijos de éste. Pero creo que fue entonces cuando comprendieron que no éramos dioses, sino que estábamos expuestos, como cualquier mortal, a las contingencias de la vida y por la insistencia que mostrábamos en el oro determinaron que además de hombres mortales, éramos codiciosos y empezaron a mirarnos con recelo.

Después de dar por concluidos los trabajos del fuerte dejamos allí a 39 hombres, bien pertrechados de comida, ropas y armas, y seguimos un rumbo impreciso, tal vez el almirante seguía en busca de Cipango y las misteriosas tierras del Gran Khan. Observaba cómo se movía por su cámara, nervioso, indeciso y perdido. Hojeaba una y otra vez sus mapas y sus notas y de pronto veíase dominado por un ataque de ira, y arremetía contra todo y causaba un gran desorden y luego se disculpaba y me pedía que volviera a poner las cosas en su lugar.

Estaba yo con Rodrigo y se acercó a nosotros el Portugués. Mi amigo tiró de mi camisa con intención de que nos alejáramos de él.

—No es de temer —dije a Rodrigo—. Es de buenos sentimientos…

—Tu amigo me teme... no por estar armado, y lo estoy, aunque nada de cuchillos o espada, sino de algo más peligroso aún: mi locura, estoy loco, eso es lo que se dice y si queda alguna duda os diré que poseo un libro... lo habréis oído decir, es difícil tener secretos a bordo.

—¿No fue quemado? —pregunté yo.

—Vayámonos —dijo Rodrigo—. Yo me voy sin tardanza, allá tú si te quieres quedar en su compañía.

—Poseo otro... —repuso el Portugués.

—¿Otro libro? ¿De qué trata?

—Tú sabes descifrar las palabras, pero eso no es suficiente para leer ese libro.

—He leído los viajes de Marco Polo y otros... —respondí.

—Los viajes que relata mi libro son viajes al interior del hombre, habla de lo que se sabe y, sobre todo, de lo que se ignora.

Ciertamente el Portugués hablaba de forma que no se le entendía, no era de extrañar que le tomaran por loco.

—Libro extraño debe de ser... —opiné.

—Lo es, sin duda, y hay que leerlo con el alma. Hay que liberarse de la vanidad, hay que trasformarse en un mendigo...

—¿Un mendigo?

—Luego, tras descifrar lo que dice, te vuelves un rey.

—No vemos por aquí ningún rey —dijo Rodrigo riendo, que no había terminado de irse.

—Un rey no tiene por qué llevar coronas, ni ropas lujosas. Más aún, la corona y los vestidos de raso y las sedas le hacen mendigo... los designios de muchos países están en manos de mendigos que jamás llegarán a ser otra cosa. Marco

Aurelio fue el único verdadero César de Roma, porque él era un filósofo. Ahora tengo que irme, un compañero ha accedido a despiojarme por medio maravedí.

—Está loco perdido —exclamó Rodrigo con desdén.

Yo callé, quise saber cuál era el libro del que hablaba. Aquel libro tan extraño, que no bastaba con conocer las letras para leerlo, y todo aquel galimatías…

Otro día se lo preguntaría.

Capítulo XVII

El estandarte de Elena ❦ Hunanami ❦ Un paraje maravilloso

Relataré un hecho que en apariencia carecería de importancia, un acto propio de un muchacho enamorado. Una travesura que sin embargo tuvo gran trascendencia para mi vida y que, sin proponérmelo y a mi pesar, ocasionó preocupación en el señor almirante don Cristóbal Colón.

Durante los días que estuvimos dedicados a la construcción del fuerte de la Navidad con las maderas de la nao, tuve yo una ocurrencia disparatada.

Había hacia poniente un pequeño islote, a no más de un par de tiros de ballesta, todo él de un verde encendido, lo que ponía de manifiesto su exuberante vegetación. Las olas se hacían espuma al romper en sus orillas. Y al atardecer se veía de color púrpura. Ni el almirante ni nadie parecía haber reparado en él, quizás les pareciera insignificante y por eso no merecía su atención. Se me ocurrió a mí ofrecérselo a Elena, tomarlo en su nombre y llamarlo con su nombre. Si el almirante le había dado diversos nombres a las tierras descubiertas en honor de personajes ilustres o de su consideración, pensé que ese islote poseía gran belleza, a pesar de ser despreciado por todos, y por tal motivo podía llevar el nombre de la muchacha de mis sueños. Durante varios días estuve pensando cómo llegar hasta él.

Decidí que lo haría por la noche. Sin que se dieran cuenta tomaría una de las barcas, la más pequeña para gobernarla solo, llegaría hasta el islote y tomaría posesión de él en un acto parecido a como se hacía con las tierras apropiadas para España. Le daría el nombre de Elena y regresaría antes del amanecer sin que nadie se apercibiera de ello. Nada más sencillo. Pero quise que las cosas fueran como Dios manda: haría un estandarte con las enseñas que fueran de ella y allí lo dejaría clavado como seña de tal posesión.

Para tal asunto requerí la colaboración de Alonso: él pintaría mi estandarte. Sería su segundo encargo. Se lo expuse lo antes que pude, no sin antes advertirle que debería mantener el secreto. Le pareció una locura lo que pretendía y mucho fue lo que insistió para que desistiera, pero viéndome tan decidido e ilusionado accedió a lo que le pedía.

—No tengo inconveniente en pintarte el estandarte, más aún, lo haré con agrado ya que eres mi mejor cliente, pero debo advertirte de que lo que pretendes hacer es un disparate.

—Nadie se enterará, regresaré antes del amanecer.

—Navegar de noche, aunque sea a poca distancia, es arriesgado.

En medio de la conversación apareció Rodrigo y me vi obligado a contarle mi plan.

—Estás loco. Eso es culpa del Portugués, que te ha contagiado su locura. Ya te dije que te apartaras de él…

Pero yo no escuchaba los consejos. Aquello me pareció algo magnífico que me permitiría presentarme con orgullo ante Elena y no renunciaría a tal empresa por nada del mundo. Dije a Alonso que si él no accedía a pintar mi estandarte lo haría yo del modo que pudiera. Y a Rodrigo sólo le pedí que mantuviera mi secreto. Pero eran buenos amigos y viendo que no podrían disuadirme de mi propósito decidieron ayudarme.

—Está bien, te pintaré el estandarte…

Se rindió Alonso.

—Y yo te acompañaré en esa loca aventura, y que sea lo que Dios quiera —dijo Rodrigo.

—Sois dos locos y conmigo seremos tres los locos, pues yo también iré —replicó Alonso.

—No tenéis que hacerlo, tan sólo mantener el secreto… no quiero comprometeros.

—Qué narices —replicó Rodrigo—, ellos hacen y deshacen a su antojo. Por muy capitanes que sean, nosotros también tenemos derecho a decidir. Eso sí, yo seré el capitán de este viaje.

—De acuerdo —dijimos Alonso y yo al unísono.

Con un trozo de carbón, sobre un pedazo de tela tomado del bauprés de la Santa María, Alonso trazó lo que sería el estandarte. Tenía la letra E de Elena y luego tres membrillos coronados, pero todo dibujado en negro, y dijo con gran pesar que precisaría de colores para terminarlo, pero que no disponía de ellos.

—Las coronas tendrían que ser del color del oro, y de ese mismo color pero menos intenso los membrillos, y el fondo blanco… y la letra de verde… —y como siempre Rodrigo tuvo la solución.

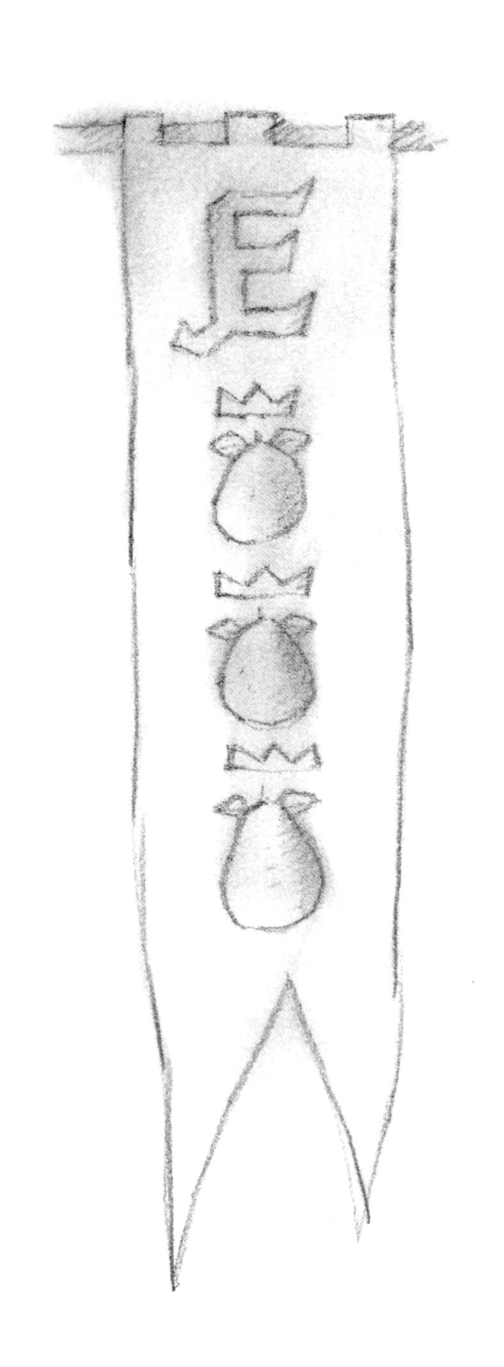

—Los nativos tienen colores con los que se embadurnan sus cuerpos, yo daré con el sitio donde los guardan. Podemos robarles un poco de color.

—Mejor se lo cambiamos —dije yo.

—Tú siempre tan justo. Y dime, ¿qué les daremos…?

—Una de mis dos camisas…

—A estas gentes no les gustan las ropas…

—Pues, entonces… no sé…

—Yo tengo un cinturón, la hebilla es de bronce —dijo Alonso—, puede que les guste. Aunque ellos no tienen pantalones que sujetar.

—Eso sí les gustará —dijo Rodrigo—, lo utilizarán para… ellos sabrán…

—Pero, ¿cómo sujetarás tus pantalones? —pregunté yo a Alonso.

—Un trozo de cáñamo servirá, y si no iré como ellos: desnudo.

Acudimos hasta la aldea de los nativos. No sabíamos cómo indicarles que necesitábamos un poco aquellas pinturas con las que se untaban sus cuerpos, o mejor con las que decoraban sus barcas, que pensó Alonso que estarían hechas esas pinturas con otros pigmentos y otros aceites más fuertes para soportar el agua y la intemperie durante tiempo.

Por más que nos esforzamos no conseguíamos hacernos entender. Ni uno solo de ellos tenía aquellas pinturas en su cuerpo y no había barcas cerca para indicarles, aunque mostraban mucho interés en comprendernos. Cuando íbamos a renunciar vimos que uno tenía restos de pinturas en su vientre y señalábamos nuestros cuerpos indicando que queríamos embadurnarnos también, y fue entonces que de entre los nativos surgió uno que sí pareció entendernos. Era joven, quizás de nuestra edad, más de la edad de Alonso, nos animamos y le llevamos hasta una de nuestras barcas para indicarle que queríamos pintarlas con aquellos colores, y sonrió como si tuviera la solución. Nos dijo que le siguiéramos. Anduvimos tras él un buen rato hasta que llegamos a un lugar en el que crecían unas florecillas violáceas. Tomó unas pocas y nos indicó que hiciéramos lo propio hasta que conseguimos un buen montón. Con una buena cantidad de ellas volvimos a la aldea. Poco después asistimos a toda una lección de cómo preparar un color: el muchacho primero limpió las flores dejando sólo los pétalos más tiernos, y los fue depositando en un cuenco de madera, luego las trituró con una especie de mortero. Al machacarlas, las flores iban formando un caldo azulado como el del cielo antes del atardecer. Luego mezcló ese caldo con una sustancia que parecía resina, que tenía bien guardada en un cuenco entre hojas de un árbol muy grande. El muchacho nos miraba a cada momento con una gran sonrisa de orgullo en la boca, como queriendo decir: esto es lo que sé hacer yo. Luego mezcló las flores trituradas con la resina en un cuenco de madera, lo tapó con una piedra plana y nos indicó que deberíamos esperar hasta el nuevo día. Cuando volvimos ya maceraba en otro cuenco un color amarillo como el oro.

Nos entregó aquel color primero que al parecer ya estaba listo para ser utilizado. Y Alonso lo probó sobre la tela y comprobó que era dúctil y se adhería bien al soporte. Al día siguiente tendríamos listo el amarillo. Alonso, animado, le pidió un rojo y el muchacho no tardó en proporcionárselo. Quisimos

pagarle con el cinturón de bronce, pero él se negó a aceptarlo, tal era su generosidad.

Los nativos se pintaban tomando el color con los dedos y deslizando éstos por el cuerpo. Pero el trabajo de Alonso era más exquisito y requería un pincel, Rodrigo ofreció una mata de su pelo para confeccionarlo, diciendo que ya le hacía falta un buen corte. Con un poco de su cabello y un trozo de caña Alonso confeccionó un buen pincel.

Con aquel color amarillo y el azul compuso el verde de la letra E.

Con el rojo y el amarillo fue pintando las coronas, que parecían de oro, y fue con este color y otro más pálido con el que dio color a los membrillos. Así el estandarte resultó una obra de gran belleza. Hasta nuestro amigo nativo estaba asombrado.

—Lo que no puedo decir es cuánto tiempo resistirán estos colores —dijo mi Alonso, el de las manos virtuosas.

Le ofrecí el último maravedí que me quedaba por su trabajo, él se negaba a aceptarlo pero insistí diciéndole que le vendría bien para su viaje a Génova y accedió.

Sería ingrato no hablar siquiera someramente del nativo que nos proporcionó los colores, que tenía por nombre Hunanami, pues si antes lo hice fue refiriéndome a él sólo en virtud de su habilidad para preparar los pigmentos y su disposición a ayudarnos. Quiero hacerlo ahora reparando en su persona, sin dejar de lado un acontecimiento relacionado con él que por su importancia no sé si tuvo lugar como permanece en mi recuerdo o es el tiempo y la fantasía los que le han dotado de la grandiosidad que ahora se me antoja. Cuando Rodrigo fue a hacerle entrega de su cinturón de cuero con hebilla de bronce, como pago por su trabajo, él la observó entusiasmado, nunca había visto nada parecido, ni en belleza ni en utilidad, pues descubrió aplicaciones que nunca nosotros hubiéramos imaginado, pero como ya he dicho rechazó nuestro pago y no lo hizo como desprecio sino en una inequívoca señal de amistad, queriendo dejar claro que tal dedicación era desinteresada. Al menos así lo entendimos, no tengo inconveniente en insistir en este punto. De modo que fuimos no tres amigos sino cuatro.

No participábamos nosotros y él de la misma lengua. Él aprendió en aquellos días una docena de palabras de castellano, y nosotros otras tantas de las suyas, pero era otra cosa, algo que no puedo explicar, lo que hacía que nos entendiéramos sin demasiada dificultad con él.

Sólo puedo decir que fue una suerte conocer a Hunanami. Un día nos pidió que le siguiéramos tras señalar con insistencia el cinturón de Alonso, y anduvimos durante un buen rato por los intrincados caminos de la selva hasta que llegamos a un paraje, que si no fue el paraíso terrenal que Dios otorgó a Adán y Eva era cosa parecida. Había tres cascadas, una más grande en el centro y otras dos más pequeñas a ambos lados; el agua se derramaba sin violencia sobre un río de aguas trasparentes y frescas y no era un ruido sordo y grosero el que producían en su caída sino armonioso, como de música... la vegetación era exuberante, flores de los más variados colores, árboles magníficos que se hallaban abarrotados de aves de plumajes esplendorosos, que nos sobrevolaban sin temor, y hasta alguno de aquellos pájaros llegó a posarse en nuestro hombro.

Desde una roca Hunanami se lanzó en un salto perfecto al agua. Nosotros nos despojamos de las ropas y le imitamos, sólo en la acción, pues nuestra zambullida fue torpe. Pero luego los cuatro por igual disfrutamos durante un rato de aquellas aguas puras, plagadas de peces de especies que no conocíamos. Nos secábamos los cuerpos cansados al sol, cuando el rostro de nuestro amigo se volvió serio. Hizo un gesto con las manos y nos invitó a hacer lo mismo, entendimos sin dificultad que iba a confiarnos otro secreto y lo aceptamos. Nos condujo por un angosto pasadizo y de pronto nos topamos con una pared cuyos destellos amarillos nos cegaban. No lo dudamos ni un momento, aquello era oro. Una roca toda de oro.

A Alonso se le pasó por la cabeza que con un poco de aquel metal tendría resuelto su viaje a Italia y asegurada su estancia en el taller de arte, y Rodrigo pensó que podría comprar el mayor barco que existiese... y yo en volver rico junto a Elena... Pero ninguno osamos ni tan siquiera tocar la mágica pared. Luego dejamos el lugar con gesto taciturno, ya no reíamos. Y surgieron las dudas... quizás a alguno de nosotros se nos pasara por la cabeza volver al día siguiente, o contarlo al almirante esperando recompensa, pero supimos mantenernos fieles a nuestro tácito compromiso y mantuvimos el secreto. Lo hicimos por nuestro amigo, y sin duda también por el lugar mismo, que sería saqueado sin compasión y arrasado por la codicia.

No sabíamos a qué obedecía el que los nativos mantuvieran oculto aquel vergel, tal vez, pensamos, fuera un camposanto, o un santuario sagrado... Pero nada de eso nos dijo Hunanami.

Tampoco nos pidió que mantuviéramos el secreto de su existencia, quizás supo que no era necesario, quizás la amistad verdadera sea eso, no tener que hacer advertencias.

Capítulo XVIII

Un viaje complicado ❦ La isla de Elena

Con el estandarte preparado y bien oculto, nos dedicamos a ultimar el plan. Saldríamos al día siguiente a eso de la media noche. El islote desaparecía de nuestra vista a esas horas por la oscuridad pero las aguas resplandecían con la luz de la luna al chocar contra su orilla, esas aguas al romper serían nuestra guía.

Nuestro amigo Hunanami no se separaba de nosotros ni un solo instante, y entendió que queríamos navegar hasta el islote, pero si el asunto de los colores se le daba bien y era maestro en tal industria, en cambio no era experto en cosas de navegación. Aún así estaba dispuesto a ir con nosotros a toda costa.

Pensábamos sobornar al grumete de guardia para que nos dejara tomar una barca, aunque eso era harto arriesgado. La solución vino una vez más de la mano de nuestro amigo: él podía conseguir una pequeña embarcación de las de su aldea.

Quisimos hacer las cosas como Dios manda y, puesto que aquellas barcas utilizaban un modo de remo individual que era diferente al nuestro, nos entrenamos en su manejo sin alejarnos de la costa. No tardamos en ser unos hábiles remeros y con aquel problema resuelto esperamos el momento propicio para echarnos a la mar.

Decidimos repartir los papeles a bordo, yo sería el almirante, puesto que la misión era mía, aunque las órdenes las diera Rodrigo, que sería el oficial por ser el que más sabía de cosas de la mar. Alonso y Hunanami formarían la tripulación. No le importó a Alonso ser relegado a tal papel, porque él tenía otras aspiraciones, y el mar y los barcos le resultaban cosa ajena, sólo se trataba en aquella ocasión de ayudar a un amigo. Hunanami ni tan siquiera se enteró de tal reparto.

Al fin la noche propicia, ninguno de los tres teníamos asignado servicio, la mar estaba en calma y nuestro amigo con la barca dispuesta. Alonso y el nativo remaban, mientras desde la proa Rodrigo iba indicando el rumbo. Yo estaba situado en la popa repitiendo las órdenes de Rodrigo, todo iba bien, pero a medida que nos distanciábamos de la orilla el mar se iba agitando y la barca era sacudida por las olas. Rodrigo daba las órdenes oportunas para que las olas no nos golpearan de lado, que decía que tal cosa podía resultar fatal. Aquello dejó pronto de ser un juego de muchachos para volverse un asunto serio. La frágil embarcación era zarandeada por las aguas violentamente y de pronto veíamos delante de nosotros una masa de agua enorme, luego milagrosamente la remontábamos; entonces tuve conciencia de que estaba arrastrando a mis amigos a un gran peligro que podía costarles la vida, y sólo pude gritar que regresáramos. Rodrigo contestó que eso sería aún peor, pues al girar seríamos mandados a pique. Y seguimos adelante, Alonso no decía nada y sólo remaba, pero tenía el rostro contraído por el miedo o la preocupación. En cambio el nativo parecía tranquilo, como si confiara ciegamente en nosotros. Nuestras ropas estaban empapadas, no veíamos porque la oscuridad nos envolvía por completo; las olas, al romper en las rocas del islote que iba a servirnos de guía, se confundían con las demás que nos rodeaban. Remábamos sin saber en qué dirección, sólo preocupados porque las olas no nos golpearan por los costados, y no siempre lo conseguíamos, y en varias ocasiones nos vimos a punto de zozobrar.

Estábamos extenuados de pelear con el mar, pero Rodrigo insistía en que no dejáramos de remar, y ya no podíamos más, y aun así continuábamos remando.

Sentimos que estábamos perdidos en medio del mar, y que terminaríamos por morir de hambre y de sed, eso si no zozobrábamos y terminábamos ahogados o devorados por cualquier criatura del océano. Era tanta la excitación que ni siquiera nos acordamos de rezar, pero Dios debió de compadecerse de los cuatro negligentes y aterrorizados muchachos, quizás le agradara el modo tenaz de defender nuestras vidas, pues no desfallecimos en aquel trance. Tampoco hubo reproches de nadie, sólo voluntad de superar la adversidad.

De pronto, ante nuestros ojos, vimos recortada entre una tenue luz del cielo una parte del islote, muy cerca de nosotros, tanto que podíamos estrellarnos contra las rocas que precedían su playa. La alegría fue inmensa, gritamos y cantamos orgullosos. Luego el cielo se abrió como si quisiera ayudarnos y apareció una luna inmensa y ante su solemnidad el mar como un enemigo vencido se calmó y ya no tuvimos dificultad en alcanzar la playa. Arrastramos la barca hacia la tierra y ése fue el último esfuerzo antes de caer exhaustos. Allí estuvimos un rato recuperándonos. Luego reímos a carcajadas y también lloramos a lágrima viva. Rodrigo estaba feliz, decía que había domado al mar como se doma a un caballo salvaje, que a partir de entonces ya podría montarlo siempre que quisiera sin peligro, que había hecho de él un cordero, y me daba las gracias por haberle ayudado a llevar a cabo tan grande aventura. Luego avanzamos despacio hacia el interior y enseguida nos encontramos rodeados de selva. Era el momento de llevar a cabo la toma de posesión de la isla. Alcé el estandarte, que estaba empapado, y grité, procurando dar a mi voz un tono de solemnidad.

Mientras, Alonso se hallaba dispuesto para escribir, en medio de la oscuridad mis palabras en un trozo de madera.

"Yo, Blas Tascón, nacido en la Puebla de Montalbán, que está en la afamada provincia de Toledo, tomo posesión de esta isla en nombre de Elena...".

—Tienes que decir su apellido —susurró Rodrigo.

—No lo sé... —contesté.

—Da igual —intervino Alonso.

—Tomo posesión de esta isla y le doy el nombre de Elena, en honor a la que vive en la ciudad de Huelva.

Y dejé allí bien clavada la enseña de la muchacha de mis desvelos. Para que resistiera los vientos rodeamos su mástil de gruesas piedras. Y rezamos los tres un Padrenuestro para dar las gracias a nuestro señor Jesucristo por habernos protegido de las traidoras olas, y permitido llegar sanos y salvos.

Como era de noche no quisimos adentrarnos en el islote, no fuera a ser que nos perdiéramos y no estuviéramos de regreso antes del amanecer. Lejos de amedrentarnos, el camino de vuelta fue una fiesta pues nos considerábamos a esas alturas unos marinos experimentados. Quizás fuera cierto que Rodrigo había doblegado a las aguas, pues éstas estaban tan tranquilas que parecían aceite en una sartén. Y lo cierto es que arribamos cerca del fuerte sin dificultad, cuando las primeras luces del sol se abrían paso en la noche. Nos incorporamos al grupo sin que nadie se percatase de nuestra ausencia.

Ese día acusamos el no haber dormido y el trabajo se nos hizo más pesado pero estábamos satisfechos, y en medio del ir y venir con los maderos y enseres de la Santa María, al cruzarnos, Alonso, Rodrigo y yo, nos hacíamos gestos con los ojos o con la boca, gestos de complicidad por nuestra aventura de la noche anterior.

Yo volvía con frecuencia la mirada hacia el islote, queriendo ver el estandarte allí clavado, cosa imposible por la lejanía y porque quizás estuviera en el lado oculto a mis ojos, no estábamos seguros de en qué parte habíamos estado.

Qué poco imaginaba Elena que su imagen en mi mente y en un trozo de madera de un barco estuviera al otro lado del mundo. Menos aún que un pedazo de tierra exuberante llevara su nombre, a tantas y tantas leguas de España.

Capítulo XIX
Quién lo iba a pensar...

Ignoro el motivo por el cual dos marineros se acercaron un día hasta el islote de Elena. Seguramente se trató de una simple excursión, o tal vez algún marinero creyó que por allí se encontraría mejor pesca, el caso es que descubrieron el estandarte que dejamos allí días atrás. No sabían qué pensar, pero un miedo inexplicable se apoderó de ellos y abandonaron el islote como alma que lleva el diablo, sin atreverse tan siquiera a tocarlo. Con la voz entrecortada comunicaron al almirante el hallazgo.

A don Cristóbal Colón le intrigó semejante hallazgo, y quiso ir a comprobar si era cierto lo que los marineros le habían contado, acompañado de aquellos dos hombres para que le condujeran hasta el lugar, y con dos oficiales de la nao se acercó en barca hasta el islote.

Al parecer tardaron en dar con el estandarte, y lo encontraron cuando ya iban a desistir de su búsqueda, pensando Colón que todo había sido una visión de los dos marineros, que el miedo produce fantasías, como solía decir.

Pero en efecto era verdad, allí estaba el estandarte, bien clavado en el suelo, desafiante.

—Inaudito... Eso de ahí parece...

—Membrillos, señor...

—¿Y esa letra...?

—Una E, sin duda...

—¿De España tal vez...?

—Tal vez, señor.

— Asombroso...

—¿Significa que alguien de España se nos ha adelantado?

—Dios no lo quiera —dijo el oficial.

—De momento esto debe quedar en total secreto, que nadie de los de aquí presentes comente tal asunto, si alguien lo hiciera sufrirá pena severa.

—¿Nos llevamos el estandarte?

—No, de ninguna manera, no sería eso propio de caballeros, dejémoslo donde está, que si otros han pisado estas tierras antes, suyo ha de ser el mérito, siempre y cuando lo hayan conseguido con nobles artes.

Ya sospechaba el almirante que le podían haber robado sus documentos sobre el viaje en tierras de Portugal. Tal extremo, sin embargo, no era cosa probada. Pero en su interior se resistía a admitir aquella posibilidad, sería demasiado cruel después de pasar tantas penalidades.

Allí quedó la enseña. El mismo Colón copió el dibujo en un papel, anotando los colores que llevaba para no olvidarlos y si llegara el caso hacer las averiguaciones pertinentes en España,

en Portugal o en Italia, que en ambos países hizo mención, acaso negligente, de su proyecto. Estaba empeñado el almirante en que la procedencia de tal enseña era la de Portugal, que ella le recordaba la de un noble de Oporto, y uno por uno preguntó a la tripulación de la Santa María y a la de los otros barcos que eran de ese país o que habían estado en él, que entre todos pasaban de la veintena entre los unos y los otros. Les enseñaba el dibujo sin explicarles a qué se debían las pesquisas. Como éstos no le dieran conocimiento de tal enseña siguió con los castellanos, luego con los andaluces, más tarde con los vascos y los extremeños... Algunos decían haberlo visto en alguna parte, y otros se inventaron la procedencia por si a la información se le acompañara recompensa. Esas preguntas llegaron hasta Rodrigo, Alonso y a mí mismo. Nunca me sentí más avergonzado que cuando tuve que contestar que no la conocía. Y todavía el oficial encargado de preguntarnos dijo con desprecio: estos críos muertos de hambre qué van a haber visto semejante emblema. Pero lo cierto era que nadie parecía reconocer tal insignia, nadie lo había visto en parte alguna y con el dibujo misterioso entre las manos vagaba el señor Colón taciturno, preguntándose cuándo y cómo podían haber llegado hasta allí otros, seguro de que alguien le había robado sus mapas y cartas y maldiciendo al ladrón.

—Ya ves —me decía—, no consideraba que fuera esta la tierra que andaba buscando; pero me consolaba pensando que éramos los primeros hombres temerosos de Dios que ponían en ella el pie, y nos la apropiamos. Pero ahora esa gloria paréceseme arrebatada también. Tal vez algún marino esté festejando su hazaña en tierras de Portugal... o puede que en Italia... o quién sabe dónde.

Y se despertaba el señor Colón por las noches de forma violenta y bañado en sudor, y en más de una ocasión gritando un nombre: el de un tal Guimarãis, al que llamaba ladrón.

—Siento asustarte, mi querido Blas, con mis sobresaltados despertares, ya ves hasta qué extremo me preocupa el asunto. Sé que he estado hablando en sueños, dime, mi querido Blas, ¿qué es lo que decía?

—Pronunciabais un nombre… creo que el de Guimarãis.

—En una ocasión estaba presente en una comparecencia con el rey de Portugal un tal Guimarãis. Hombre de mirada mezquina, que se reía de mis proyectos y los denigraba, queriendo dejarme en ridículo. No estará muy extraviado mi juicio si pienso que sólo buscaba apropiarse de mi trabajo con perversos fines. Maldito ladrón el tal Guimarãis. Pues si alguien me ha robado mis méritos es él, sin duda.

Y yo, viéndole en aquellos arrebatos, callaba. Pero no era cobardía aquel secreto, sino todo lo contrario, era valentía, una valentía que venía del amor por la que se llamaba Elena, que confesar significaba rendir su isla, entregarla, reducir tan costoso homenaje a simple travesura de niños y no era tal cosa, no estaba yo dispuesto a ello. Y si sufría don Cristóbal Colón yo también lo hacía. Eso sin contar que las consecuencias del descubrimiento de tal acto las sufrirían mis amigos, sin ser su industria, y tampoco estaba yo dispuesto a que eso ocurriera.

Tenía mi almirante una forma positiva de ver las cosas, cuando embarrancó la Santa María, dijo que tal vez Dios así lo dispuso para que él de esa forma hallara oro. Con aquel mismo talante llegó a pensar que quizás aquella enseña perteneciera al Gran Khan, en cuyas tierras hacía incursiones para proveerse de hombres o de oro. Pero tenía dudas de que tal emblema pudiera pertenecerle, porque en los libros de Marco Polo figuraban otros emblemas bien distintos. Tampoco estaba seguro de que en aquellas tierras se dieran membrillos, porque el dibujo de Alonso no ofrecía dudas de que eran membrillos los frutos dibujados, y no tenía conocimiento él de que tales frutos se criaran en aquellas tierras. La letra tampoco correspondía a los signos utilizados allí, que eran de otra forma bien distinta, y poco a poco iba deshaciendo con la razón lo que antes había construido con los deseos, y caía en estado de tristeza próximo a las lágrimas.

Y volvía de nuevo el tal Guimarãis a invadir la paz de su sueño, el ladrón de su secreto.

—Maldito, ¡te retorceré el pescuezo cuando te encuentre!

Alonso, Rodrigo y yo contemplábamos lo que estaba pasando mudos y temerosos de que por cualquier avatar se descubriera el embrollo y ser castigados por ello. Pero no perdimos la calma, y en nuestro interior nos sentíamos orgullosos de nuestra aventura, de aquella lucha que mantuvimos con el furioso mar al que vencimos.

Pensaba el almirante que si ese estandarte estaba en el islote era de suponer que la misma enseña estuviera también en la Española y en las otras islas, y se dedicó a buscarlas. Fue un rastreo que duró varios días y en el que intervino hasta el último de los hombres de abordo, sin importar su rango. Y como utilizó una confusa información, los hombres no sabían lo que estaban buscando. Y llegaron a pensar que el almirante estaba volviéndose loco. Aquello no dio ningún resultado. El almirante interrogó a los indígenas si habían arribado antes que nosotros otros hombres pero no tuvo una respuesta clara por cuestión del habla, que era difícil entenderse con ellos y sólo podías tratar cuestiones simples. Ya que sólo llevábamos con nosotros dos interpretes, uno que sabía hebreo y el otro la lengua árabe. Hunanami también supo guardar el secreto.

Una nueva reflexión del almirante vino a traerme cierta paz a mi espíritu.

—Ya ves, mi querido Blas, yo creyéndome el primer hombre que había puesto los pies en estas tierras y sin embargo… no es que considere que he fracasado, porque no tengo esa certeza de que otros se me hallan adelantado… pero pongo por testigo al Cristo que nos mira desde el cielo infinito y juro que en adelante me conduciré con más humildad. Dios sabe poner límite a la vanidad de los hombres… Mi arrogancia ha sufrido el castigo que merecía. Doy gracias al cielo por haberme devuelto a mi ser. Ese estandarte no es más que una señal para que reconsidere mi conducta. Dios es sabio, y nada sucede porque sí.

—No se aflija vuestra merced… —le decía yo. Por decir algo.

Capítulo XX
El libro del Portugués

Dos veces volví a hablar con el Portugués, una para ofrecerme a despiojarle, de balde, que si San Francisco curaba a los leprosos yo debía liberar a aquel hombre de los huéspedes de su cabeza. No había dilema moral en deshacerme de aquellos bichos, pues se había suscitado el asunto tiempo atrás en el monasterio y quedó solventado, casi solventado... suficientemente solventado.

—¿Son los piojos también hermanos nuestros? —pregunté a Fray Anselmo mientras me limpiaba la cabeza.

—Lo son, en efecto —dijo—, pero nos deshacemos de ellos en defensa propia, no por desprecio ni por diversión, yo sufro al matarlos, y les pido perdón. Dios los acogerá en su gloria.

El Portugués me agradeció el gesto, pero dijo que tenía la cabeza limpia a cambio de su ración de comida, que un marinero glotón se prestó por ese precio. Pero que me pediría ayuda cuando los parásitos volvieran asentarse sobre su cabeza.

Me contó que el libro que poseía lo había comprado con la paga de una travesía desde Lisboa a África, y que con el dinero que cobrara por este viaje pensaba adquirir otro que había impreso un taller de Alcalá de Henares y que había escrito el mismo autor del que ya poseía. Y volvió a decir cosas que yo no entendía, como que había escrito el libro pero que no lo había escrito.

—¿De qué trata ese otro libro?

El Portugués tardó en responderme.

—Trata de cosas del amor.

La siguiente vez que hablé con el Portugués ocurrió algo tan triste que no lo podré olvidar.

Atardecía. El mar estaba en calma, y la Pinta se mecía suavemente con una brisa del este. Los marineros conversaban tranquilos, tras una jornada de duro trabajo. El Portugués y yo estábamos en la cubierta de popa. Algo apartados de los demás.

—Después de este viaje haré otro más y no volveré a navegar… —me decía—, quiero comprar otro libro… tendré tres libros… luego no sé que haré… Te enseñaré el que tengo.

Y el Portugués metió la mano en su bonete con suavidad, y de él extrajo un libro. Me lo mostró como el que muestra un tesoro. Luego lo abrió por la mitad y de pronto alguien se lo arrebató de las manos, volvimos nuestras cabezas y vimos a un marinero que corría por la cubierta enseñándolo entre risas y gritos. El Portugués quiso recuperarlo pero los marineros se lo pasaban de uno a otro, y en su ir y venir el libro medio roto cayó cerca de mí. Lo tomé para dárselo a su dueño, pero recibí un golpe y me lo arrebataron, así siguieron con su juego los marineros. En aquel acto cruel y estúpido iban arrancándole las páginas, que volaban sobre la cubierta, hasta que el libro cayó al mar. Hubo un momento de silencio, luego el Portugués sin pensárselo dos veces se arrojó por la borda tras su libro y cuando los demás se acercaron para mirar ya no se vio nada, sólo las aguas del color del plomo, que se agitaban levemente. La Pinta siguió su rumbo sin tan siquiera detenerse. Yo permanecí mirando al mar, medio mareado por la impresión.

El almirante sólo supo que un hombre se había lanzado al agua. Ya casi debía ser un marino, pues mantuve el secreto del incidente, como es costumbre en los barcos. No está bien visto ir con chismes a los superiores... pero no debía de estar muy curtido, pues lloré amargamente durante horas, y para que no se notase me oculté en la bodega. Tenía tres amigos a bordo, sin contar con el señor Colón, que si lo era había que poner en suspenso tal amistad mientras durara el viaje, y de los tres había perdido a uno.

Se rezó una oración por el alma del Portugués, al que por primera vez se le llamó por su nombre, Antonio da Silva; no fue tarea fácil dar con él, porque para todos era el Loco o el Portugués y fue necesario recurrir a la relación de tripulantes que guardaba el armador: no era cristiano rezar un responso por su alma sin pronunciar el nombre con el que le bautizaron.

Al día siguiente encontré enredada entre unos cabos una página del libro de da Silva de las que se desprendieron durante el deplorable juego de los marineros, se trataba de la primera página, y se podía leer el titulo: *La república* y el autor era Platón. Guardé esa página entre mi camisa. Y me prometí leer ese libro algún día.

Capítulo XXI
El regreso

Pasamos algún tiempo costeando aquellas aguas, recorriendo las islas, no sé si con el fin de adueñarnos de ellas o buscando las minas de oro de las que los nativos hablaban y que no terminaban de aparecer...

No ignoraban las tripulaciones de los barcos las continuas disputas del almirante con los hermanos Pinzón. Tantas eran las desavenencias entre Colón y ellos que la Niña terminó por desaparecer. Fue éste un acto de rebeldía de Vicente Yáñez, que Colón intentó, inútilmente, ocultar a los hombres para que no se cuestionara su autoridad. El almirante ofrecía una expresión de optimismo cuando estaba junto a los hombres; pero en la soledad de su cámara maldecía a su capitán, al que tenía por traidor y codicioso.

Los hombres estaban ya cansados de tan largo viaje, de disputas, de ilusiones frustradas de hallar riquezas. Por otra parte la nostalgia de la patria hería cada día sus corazones un poco más y ya sólo pensaban en regresar a España. Y eso lo hicieron saber al almirante. Don Cristóbal Colón entró en disputa con ellos y consigo mismo durante varios días con sus noches, pues le resultaba difícil conciliar el sueño, por un lado deseaba continuar la búsqueda de aquellas minas de oro, y trazar mapas apresurados de las tierras que se encontraba y de ese modo llevar a España algo más que palabras para así asegurarse el regreso. Por otro lado corría el riesgo de un tercer motín y en aquellas circunstancias no tendría a los capitanes a su lado, si no enfrente. Finalmente, llegó a la conclusión de que lo prudente era regresar cuanto antes. Se apresuró a dar la orden de iniciar los preparativos. Los hombres acogieron la decisión con entusiasmo, aunque no faltaron los codiciosos que preferían postergar el regreso y hacerlo como hombres ricos, pero éstos eran una minoría.

Tomamos antes verduras de todas clases, pájaros y también otros animales raros, y lo más importante llevaríamos con nosotros a algunos nativos que serían la prueba más evidente de dónde habíamos estado.

En medio de los preparativos apareció la Pinta y presencié un incidente de enorme gravedad. Los hermanos Pinzón se oponían a regresar, pues estaban seguros de hallar oro en abundancia si permanecían allí por algún tiempo más.

—Tenemos información de los nativos de dónde se encuentran las minas —decía Vicente Yáñez Pinzón, con el rostro desencajado por la codicia.

El almirante respondió con severidad:

—Los nativos empiezan a desconfiar de nosotros, a estas alturas saben que no somos dioses, no tienen duda de que so-

mos hijos de mujer como lo son ellos y que sólo pretendemos sus riquezas. Y no son tan tontos como creemos. Los crédulos somos nosotros, nos están engañando, dicen que en aquella isla o en aquella otra hay oro y piedras preciosas y con ello sólo pretenden alejarnos de su tierra, quieren que les dejemos en paz y tratan de confundirnos. No han perdido el tiempo, entienden nuestra lengua mejor de lo que aparentan... Además, no estamos preparados para una larga estancia. Habrá otras expediciones, ahora conocemos cómo debemos proceder.

Como los hermanos persistían en su empeño de seguir en aquellas tierras, el almirante les amenazó gravemente.

—Esas minas de oro existen, y si se empeñan en ocultar dónde se encuentran les doblegaremos por tormento —insistía Vicente Yáñez Pinzón con la codicia en los ojos.

En aquel momento llenaba yo la copa del almirante de agua, y la derramé impresionado por tal amenaza, y aún continuó.

—Una vez que hayamos dado con el oro les esclavizaremos a todos ellos y en pocas fechas obtendremos una buena carga.

—No —insistió el almirante—. No es ésta una expedición para el sometimiento, ni la rapiña, habrá otros viajes y las cosas se harán según dispongan los reyes de España.

El almirante me pidió que me fuera de allí y ellos siguieron con las disputas. Éstas se prolongaron durante algunas horas. Al fin parece que el almirante logró que los Pinzón se vinieran a razones.

CAPÍTULO XXII
Vuelta a casa

Como el regreso era inminente, buscamos a Hunanami para despedirnos; pero de alguna manera él ya sabía de nuestra partida y no quiso vernos, tal vez sintiera nuestra marcha como una forma de deslealtad, pues ya en algún momento nos dio a entender que se encontraba feliz de que pasáramos el resto de nuestra vida en aquellas tierras. Incluso creo que llegó a sugerirnos esposa de entre las nativas. No nos pareció prudente que él formara parte del grupo de indios que vendrían con nosotros a España, aunque pensamos en esa posibilidad; no habría habido inconveniente si yo se lo hubiera pedido al señor Colón, pero desistimos de tal idea, pues pensamos que no se adaptaría al mundo civilizado, ni ese mundo le permitiría una vida digna. Y así nos resignamos a que la amistad con Hunanami fuera sólo un bello recuerdo.

El señor Colón ya no podía disimular su tristeza por las riñas con sus capitanes y todos se extrañaban de verle con aquel semblante taciturno, pues consideraban un triunfo el viaje. Tampoco el almirante se había olvidado del asunto del estandarte del islote de Elena, y con frecuencia se volvía a referir a él. No quería entrar en España sin asegurarse de que otros no se le habían adelantado en pisar aquellas tierras, no deseaba exponerse al ridículo y como tenía sospechas de que era aquella una enseña procedente de Portugal, tenía la idea de ir primero a ese país para así salir de dudas. Y yo sufría viéndole en aquel trance y tuve que hacer verdaderos esfuerzos para no contarle las dos verdades que conocía, la de las minas de oro y la del estandarte, pero no podía hacerlo ni con la una ni con la otra. Con el secreto del oro menos aún, tras escuchar lo que pensaba hacer Vicente Yánez Pinzón con los nativos. Y lejos de desvelar tal secreto pedí a Dios, con fervorosos rezos, que no hallaran indicios del tal metal, por el bien de aquellas buenas gentes.

Una buena parte de la tripulación de la Santa María quedó en la Española, en el fuerte construido con sus maderas.

Los demás hicimos el viaje de regreso en la Niña que era, como ya conté al principio de mi relato, más pequeña que la nao, pero también más rápida. El almirante, como buen marino que era, buscó y halló los fríos alisios que debían impulsarnos hacia nuestra tierra.

El viaje discurría tranquilo, los marineros cantaban y bailaban en sus horas de descanso. De pronto fuimos sorprendidos por una tormenta terrible, olas inmensas salían a nuestro paso, la cubierta estaba anegada, y más que andar teníamos que nadar por ella. Los barcos parecían maderos a merced de las aguas. El almirante no paraba de dar órdenes, y en medio de aquel desastre mi amigo Rodrigo trataba de aprender el oficio, que él decía que en esas circunstancias es donde se forjan los marinos. La tempestad hizo que perdiéramos de vista a la Pinta que no sabíamos si había zozobrado. Hasta entonces no había sentido la furia del mar, y comprendí las palabras del Portugués, aquellas que afirmaban que no había monstruos gigantes en los mares, que es el mar el propio monstruo, y a punto estuvo de devorarnos en aquella ocasión. Pero si la tripulación tenía la sola preocupación de salvarse, don Cristóbal Colón tenía también la de llegar a las costas de Portugal y más le importaba perder su prestigio que salvar su vida. Por tal motivo luchó denodadamente contra las tempestades. Los marineros no habían visto nunca un capitán que diera las órdenes mientras sujetaba un cabo o ayudaba con el timón como cualquiera de ellos. Y con aquel deseo irrenunciable a vivir, doblegamos a las aguas. Avistamos al fin las costas de Portugal. Y todos dimos gracias al Altísimo que nos había salvado de tal furia, porque sólo un milagro pudo librarnos de servir de alimento a las criaturas grandes o pequeñas de las profundidades oceánicas. Como llegáramos sin aviso previo a las costas portuguesas, siendo extranjeros, fuimos hechos prisioneros y llevados a prisión. En medio del cautiverio, pudo constatar el almirante que nadie de Portugal había estado en aquellas tierras lejanas, ni se tenían noticias de que en otros países se hubieran hecho. No cabía de gozo don Cristóbal Colón, a pesar de estar preso. No era hombre desconocido allí el almirante y pronto fue requerido por el rey de Portugal, con el que tuvo un encuentro cerca de la ciudad de Lisboa en el que él le relató su viaje. Hubiera querido ese rey la gloria de tal hazaña, y hasta le hizo ofrecimientos al almirante, que el rechazó siendo fiel a los reyes Isabel y Fernando.

Poco después partiríamos hacia España, arribando en el puerto de Palos de Moguer. ¡Qué enorme gozo sentirte en propia tierra después de tantas incertidumbres, de tantos sufrimientos…!

Como aún don Cristóbal Colón tenía dudas sobre el asunto del estandarte, siguió indagando con discreción y tampoco por España se tenían noticias de que ninguna expedición hubiera llegado de las Indias, ni tan siquiera que hubiera partido con ese propósito. Traía consigo el dibujo del estandarte y sin dar mucha notoriedad lo iba enseñando por si alguien lo conocía y le dijera de dónde procedía, pero nadie había visto nunca tal enseña.

Y otra vez cayó en soberbia y alardeaba de su hazaña, y sólo en algunos momentos se acordaba de su promesa y se contenía, pero las alabanzas de las gentes le hacían caer de nuevo en vanidad.

Se hizo el propósito de apartar de su cabeza tal misterio. "No quieras ver más lejos de lo que tus ojos te permiten", se dijo.

Y bien es cierto que en adelante procuró comportarse con mayor humildad, pero era harto difícil sustraerse a los halagos de las gentes, las del pueblo y las más nobles, que todas alababan su gran hazaña, su coraje… Y no sólo entre las gentes de España causaba admiración, pues su fama empezó a extenderse por otros países.

Capítulo XXIII
Pacto de sangre

Con los salarios por nuestro trabajo bien guardados en las bolsas, Alonso, Rodrigo y yo buscamos una posada en Palos de Moguer, y nos quedamos allí algunos días para descansar de tantos avatares y sobre todo por dormir en un lugar seco y blando, que era algo que los tres deseábamos con todas nuestras fuerzas.

Allí éramos respetados e incluso admirados por nuestro viaje, y unos y otros nos requerían para que se lo relatáramos. Y nos vimos obligados a contarlo con gran frecuencia y a menudo nos convidaban a comer o a beber. Paseábamos los tres por las calles y por los campos, disfrutando de la tierra firme. Si no sufríamos burlas de las gentes del lugar al vernos andar era porque están acostumbradas a ver gentes de la mar, los marineros se sienten orgullosos de ello, es una forma de proclamar su profesión en tierra, pero yo me veía ridículo y me horrorizaba que me viera

Elena caminar de aquella forma y trataba de corregirme. Allí, mimados por las gentes, nos encontrábamos bien, pero Alonso no se quitaba de la cabeza el viaje a Génova, y a Rodrigo le empezaban a entrar las ganas de embarcarse de nuevo. Por mi parte ardía en deseos de llegar hasta Huelva y ver a Elena, aunque ese deseo no estaba exento de temores, y eso me retuvo algo más. También el hecho de separarme de mis amigos, pero aquello era algo inevitable. Alonso hacía cálculos sobre lo que le costaría llegar a Italia, y no tenía dinero suficiente para emprender el viaje y para sobrevivir algún tiempo en aquel país y mucho menos para pagar al maestro del taller, por tanto se propuso trabajar en lo que encontrara para reunirlo, en cualquier cosa menos en un viaje incierto por mar, que podría durar meses. No quería saber nada de la mar, estaba dispuesto a dedicarse a las más duras tareas, en el trabajo del campo de sol a sol, acarreando piedras o tejas en cualquier construcción; abrasarse dando aire a la fragua de un herrero... cualquier cosa menos un barco. Rodrigo era todo lo contrario y él sí podría cumplir sus deseos, pues no tendría problemas para encontrar patrón, pues el haber estado a las órdenes de Colón le daba prestigio.

Yo intentaba reunir el valor para encontrarme frente a los ojos de Elena, con la misma necesidad que Alonso reunía el dinero para su viaje.

Un italiano que estaba de paso por Palos y que se hospedaba en la misma posada que nosotros, conociendo el propósito de Alonso de viajar a Génova y entrar a trabajar en un taller de arte, le advirtió que la carta de recomendación del almirante le serviría como mucho para ser admitido, pero que habría de pagar una fortuna por las lecciones del maestro. Parecía que sabía de lo que hablaba, porque decía haber suministrado mármol a varios de esos talleres y le dio detalles de uno de los contratos que se hacían con los padres de los que iban a iniciar tal carrera y de los que a menudo él fue testigo. Era el italiano hombre hablador y nos explicó con pelos y señales en qué consistían tales contratos, poniendo como ejemplo uno del que había sido testigo recientemente:

—El maestro se comprometía al adiestramiento del plano en perspectiva, y a meter figuras en dicho plano en diferentes posturas, así como a aprender a pintar el cuerpo humano desnudo y a colocar ojos, nariz y boca y orejas en una cabeza de hombre, así como dibujo en pintura sobre papel y corregir sus errores... Las dichas enseñanzas costaron al padre del discípulo, una cantidad próxima a los 5000 maravedís. Como era propietario de un taller de telas con más de una treintena de trabajadores entre los tejedores y los tintoreros, no tenía aprietos para satisfacer los pagos, y para que el maestro se dedicara a las enseñanzas del muchacho con mayor entusiasmo no faltaban los donativos que son costumbre: una oca o similar por Todos los Santos, una hogaza de pan y su vino correspondiente por san Martín, una buena cantidad de lomo de cerdo y un cuarto de cabrito por Pascua.

Luego aquel italiano nos habló de un pintor...

—¡Es posible que no hayáis oído hablar del gran Leonardo! ¡Es inaudito!

Y comenzó a despotricar en su idioma, por lo que consideraba una ofensa, luego volvió a hacerlo en su mal castellano.

—He tenido el privilegio de poder contemplar el modelo en barro de la estatua ecuestre de Sforza, expuesta al público en el patio de su palacio, es ¿cómo se dice...? —no encontró palabras en castellano para describir tal maravilla y de nuevo habló en italiano. Vino a decir algo así—: Es el mejor pintor y escultor de cuantos existen en el mundo.

El desánimo se apoderó de Alonso, pues no podría en ningún caso pagar esas cifras de las que hablaba el italiano, pues aquella cantidad era casi lo que él había cobrado tras el viaje en la Santa María, y tendría que contar con la alimentación y el alojamiento. Yo le ofrecí mi paga de grumete, diciéndole que podía estar algún tiempo en el monasterio y Rodrigo también la suya argumentando que a bordo tampoco la necesitaría, pero Alonso no aceptó nuestro ofrecimiento.

Pero las otras palabras del italiano eran demasiado hermosas, le hablaban de un mundo donde el arte parecía imponerse por encima de todo. Un mundo tan diferente... Y aquel tal Leonardo... cómo deseaba, al menos, ver alguna de sus obras. Decidió que viajaría hasta Italia o moriría en el empeño.

Si prolongamos nuestra estancia allí fue porque el ventero nos insistió en que lo hiciéramos, y no nos cobraba el alojamiento, pues con nuestra presencia aumentaba la parroquia, pero cuando ya habíamos decidido nuestra marcha, llegó por la posada un viejo de esos que se dedican a contar historias en las plazas de las aldeas, señalando con un palo dibujos, para hacerlas más amenas y atrayentes. Poseía un carro grande y nuevo tirado por una mula joven y lustrosa. Como la noche era larga y la posada pequeña entablamos conversación con el viejo. Dijo él que estaba en boga un crimen horrible de varias personas ocurrido en la ciudad de Granada, unos crímenes con amoríos de por medio, y en donde se juntaban gentes del pueblo con otras de la nobleza. A él se lo habían contado de buena tinta reparando en detalles. Este hombre se dirigía a Córdoba para que un pintor que allí había le hiciese los cuadros con los que contaría tan terrible suceso, pues a las gentes les apasionaba ver las imágenes de lo que se cuenta. Vio, por casualidad, uno de los dibujos que tenía Alonso y quedó tan asombrado que le dijo:

—Tienes buenas manos, muchacho, ¿dónde has aprendido ese oficio?

—Vuestra merced es generoso en elogios.

—Sí, sí, pero ¿quién os ha enseñado?

—Nadie me lo ha enseñado, señor.

El viejo le propuso hacer el trabajo que iba a encargar al pintor de Córdoba. Alonso aceptó aunque no estaba seguro de saber hacerlo a su agrado, pero se convenció de lo contrario al ver las otras pinturas que el viejo llevaba en su carro: eran burdas figuras, mal dibujadas y manchadas toscamente de colores estridentes. El viejo que si no era rico escondía entre sus ropas viejas una pequeña fortuna, alquiló estancia en la posada y le proporcionó a mi amigo buenos pigmentos y una tela bien preparada para ellos.

Alonso no cabía de gozo, el viejo le ofreció treinta maravedíes. Fue un trabajo duro que llevó a cabo bajo la mirada atenta del viejo, y que se prolongó durante dos semanas.

Me pidió mi amigo que me quedara durante ese tiempo, a lo que accedí. Y fui su ayudante. Aunque poco fue en lo que le ayudé, mas le serví en ocasiones como modelo.

—Más sangre en el cuello de la mujer, que eso es cosa que gusta... —iba diciendo el viejo a su espalda.

Alonso sufría y al tiempo se deleitaba con el trabajo, y se esforzaba por satisfacer las exigencias del viejo.

—Más sufrimiento en esa cara, muchacho. Y en esa otra más odio, que se vea el rostro del diablo... las gentes se atolondran con la sangre y dan más dinero.

Al fin el trabajo estuvo concluido y fue la admiración de todos los que lo contemplaron. No regateó el viejo elogios de la obra y hasta pagó algún maravedí más de lo convenido. Pero el viejo contador de historias le ofreció más: ir con él por las aldeas de España, pues a menudo tenían lugar sucesos que eran dignos de ser contados y era necesario pintarlos, y el tiempo que no pintara le serviría con lo que fuera, que ocupación no iba a faltar.

Alonso aceptó pero dijo que estaría con él sólo durante algún tiempo y que luego iría a Italia.

Rodrigo encontró un navío y se embarcó en él. No era una travesía demasiado larga, ni tampoco incierta, se trataba de un viaje rutinario a tierras de África.

Yo había estado todo aquel tiempo en Palos reuniendo fuerzas para mi regreso a la Rábida. No por los frailes, a los que ardía en deseos de ver. Mis temores eran por volver a ver a Elena, eso sí que me llenaba de miedos. Pero como mis dos amigos se marchaban no tuve otra alternativa que emprender el camino de regreso a mi antiguo hogar.

Antes de despedirnos convinimos los tres un pacto de amistad eterna, que sellamos con nuestra sangre: nos hicimos un pequeño corte en las manos y las juntamos, prometiéndonos que pasado el tiempo nos buscaríamos. Mezclamos nuestra sangre y también nuestras lágrimas al fundirnos en un abrazo lleno de emoción.

Días atrás me había despedido de mi señor don Cristóbal Colón, que partía para Barcelona para dar cuenta a nuestros reyes de los descubrimientos, pues allí se encontraban.

—Mi querido y fiel Blas, ha sido un gran honor navegar contigo. No creo que volvamos a hacerlo, pero deseo contar con tu amistad por siempre. Has de ir a la Rábida, te pido que hagas entrega de esta carta.

Me dio un fuerte abrazo y se marchó.

Capítulo XXIV

Regreso a la Rábida ❦ Elena ❦ Salamanca

Subí la cuesta que lleva al monasterio de la Rábida preso de una enorme agitación. Apenas sentía la lluvia torrencial que empapaba mis ropas y mi cuerpo, y al ver el monasterio recortado en el horizonte, la emoción me impedía respirar.

Los frailes me recibieron con enorme alegría. Ya tenían noticias del éxito de nuestra empresa y me esperaban con ansiedad. Fray Gonzalo, cuando sus labores se lo permitían, subía al campanario del monasterio a ver si me veía venir, con la misma ansiedad que las tripulaciones de las naves de Colón buscábamos tierra desde la cofa, en nuestro vagar incierto por los mares. Y Fray Gonzalo tuvo al fin la recompensa a sus desvelos, como nosotros tuvimos la nuestra. El fraile arremetía con furia contra la opinión de muchos hermanos que pensaban que yo no volvería nunca más a traspasar aquellos muros. Que la sangre joven hierve por conocer y que el monasterio se había vuelto pequeño para quien ha visitado otros mundos, y mil veces salió al paso Fray Gonzalo de tales aseveraciones, que él estaba seguro de que regresaría, aunque no podía asegurar si para quedarme o para despedirme, pero estaba seguro que no me había olvidado de ellos: "Mi pequeño Blas no es un ingrato, nos quiere y vendrá". Y con su voz quebrada por la emoción al ver una silueta conocida entre la lluvia, anunció mi regreso a los otros con grandes y estridentes gritos e hizo sonar las campanas, lo que más tarde le valió una reprimenda. Y aún tuvo tiempo de salir a recibirme y allí, en medio del chaparrón, estuvimos abrazándonos como dos tontos.

Todos los hermanos me acogieron con enorme cariño. Me decían que había crecido y ensanchado de cuerpo, que ya era casi un hombre. Les entregué la carta del señor Colón sin sospechar que además de informar someramente del viaje, mientras aguardaba la ocasión de narrar sus detalles de viva voz, incluía grandes e inmerecidos elogios hacia mi persona, hasta el punto de decir que sin mi colaboración la misión hubiera sido un fracaso. Pedía sin embargo a los franciscanos que no me interrogasen sobre este extremo, que no era oportuno desvelar por el momento los detalles de los avatares del dicho viaje.

Sobre todo lo demás, me preguntaban los frailes una y otra vez... Se sentían verdaderamente orgullosos de su hijo, pues como tal me consideraban.

Y yo me complacía en contarles acontecimientos que mi memoria guardaba, ocultando otros que la discreción y mi pudor me aconsejaba mantener secretos.

Durante todos aquellos días no podía apartar de mi mente el nombre y la imagen de Elena, y ardía en deseos de verla. Por buscar noticias de ella requería carne de membrillo, pero los frailes se limitaban a dármela sin añadir nada más.

Yo insistía en hacer elogios de su sabor, pero ni una sola información logré de ellos.

Busqué un momento para acercarme hasta la casa donde vivía la muchacha, que estaba cerca del río, y merodeé por allí durante un rato. Apareció al fin su madre, que me reconoció y me invitó a pasar y me convidó con galletas y naturalmente también con membrillo... Me preguntó, como era inevitable, por el viaje. Y yo accedí a responderle de buena gana, y me extendía en detalles tan sólo por ganar tiempo.

—Pobre niño —me interrumpía a cada instante—, tan pequeño y en medio de ese mar traicionero.

—No soy tan pequeño... —insistía yo.

—Y con esas compañías, las de los marineros, que son gente de almas endurecidas, lo que habrás sufrido, criaturita mía —continuó la mujer—. Cuántas veces mi hija Elvira y yo nos hemos acordado de ti, sobre todo cuando no salías a recoger el dulce a la puerta del monasterio... Pobre niño decíamos...

Y mi corazón dio un vuelco ante aquella información.

¡De modo que no se llamaba Elena, si no Elvira...! Me pregunté cómo llegaría a mi cabeza ese nombre equivocado. Y el mundo se me vino encima. Aquello era un desastre, y me perdí en raros pensamientos mientras la mujer seguía hablando sin que yo pusiera atención a lo que decía. Estaba absorto en cosas de gran importancia, como que el estandarte en el islote ya resultaba ridículo con un nombre que no era... Luego pensé que ambos nombres empiezan por la misma letra, la E, de modo que el estandarte podía servir. Volví a estar presente en la conversación cuando me dijo que su hija había ido a hacer unos recados al pueblo, que no tardaría en llegar, y con aquella promesa, intentando ganar más tiempo a cada pregunta sobre mi viaje yo seguía dando todos los detalles posibles y con voz pausada. Al fin apareció su hija. Era como la recordaba, como el dibujo que de ella hizo Alonso: los mismos ojos claros, la piel suave y pálida y ligeramente sonrosada en las mejillas, el pelo oscuro y sedoso… y la sonrisa generosa. En eso si acerté de verdad… Yo la saludé tímido y ella se ruborizó, luego continué contando mis historias y, estimulado por la presencia de Elena… de Elvira, quiero decir, las exageraba cuanto podía. Mentí, atribuyendo ferocidades y crueldades sin límite a los nativos, aquellos pobres infelices que no eran capaces de matar ni a una mosca. Fui mentiroso y también indiscreto relatando todo lo del motín en la Santa María, destacando mi valentía. Y los elogios que me dedicó el almirante. Todo por ver en Elvira una expresión de asombro y admiración hacia mi persona.

Como se quejara la madre del mucho trabajo que requería la huerta, pues era época de siembra, y sabiendo que era viuda, yo me ofrecí a ayudarlas y acudía hasta la casa todos los días al alba, lo que me permitía ver a… Elvira… y hablar con ella. No me importaba la dureza del trabajo. Consentía ser pagado tan solo con algunas hortalizas de vez en cuando, que llevaba al monasterio.

Poco a poco la timidez fue desapareciendo entre Elvira y yo y llegamos a tener una gran confianza. Dábamos largos paseos por la orilla del río al caer la tarde, unas veces sin parar de hablar, otras en completo silencio. Tal amistad estaba destinada a desbordarse para terminar algún tiempo más tarde en compromiso, lo que llenó de satisfacción a su madre y que aceptaron de buen grado los frailes de la Rábida.

Fueron aquellos días de enorme felicidad. Elvira me preguntaba incansable todos los detalles sobre el viaje y yo acedía gustoso a su demanda, aunque a veces flaqueaba mi entusiasmo y omitía detalles y entonces ella se mostraba intransigente y me rectificaba con enfado, otras me hacía recordar algún hecho enredado en las esquinas del tiempo a costa de continuas preguntas. Uno de los sucesos que más impresión le causó, y aún le sigue impresionando, fue aquel del Portugués, aquel buen amigo del que tanto aprendí en tan poco tiempo, a pesar de que le decían que había perdido el juicio, y que se arrojó al mar tras su libro. Le enseñé a Elvira aquella página que llevaba el título de la obra, pues aún quise conservarla. Fue un hecho trágico que no perdía intensidad por más veces que lo narrara, y ese recuerdo me seguía causando dolor.

Pero en mis relatos a Elena, a Elvira quiero decir, me cuidé de no referir el asunto del estandarte por timidez o por considerarlo, pasado el tiempo, una cosa propia de críos. O quizás fuera la culpa de la preocupación que causamos al almirante, que eso fue algo que siempre pesó en mi ánimo.

Vivía yo en aquel tiempo aún en el monasterio, ocupando una pequeña casa que había cerca del huerto, que estaba medio derruida y que arreglé como pude. Creo que algo del espíritu de la piedra me trasmitió mi padre, a pesar de su prematura muerte, pues me fueron entregadas sus herramientas y con ellas di forma a las rocas del campo y así fui tapando agujeros y levantando

paredes. Si era cierto aquello que decían los frailes de que el trabajo acerca a Dios, yo debía de estar rozando sus divinas ropas, pues trabajaba de sol a sol y sin que tal cosa me importase. Cuánto amé la tierra en aquellos días, su generosidad, que daba manjares a cambio de unos pocos cuidados y un poco de agua clara.

Las cosas podían haberse quedado así, como era mi deseo; pero don Cristóbal Colón no se olvido de mí, a pesar de que se hallaba lejos y por segunda vez me apartó de la vida que yo quería. No me llevó con él en sus nuevos viajes, que supo que no era la mar cosa que me agradase demasiado, sino que me buscó otro destino. No se lo reprocho porque en ambas ocasiones lo hizo por favorecerme, guiado por el afecto y la gratitud... La segunda vez instó a los frailes a que me mandaran a estudiar a Salamanca, que él costearía tales estudios. Como siempre no pude resistirme a sus desvelos ni tampoco a los deseos de los frailes. También estaba de acuerdo Elvira con aquellos propósitos, que pensaba que quizás yo estaba llamado a otros menesteres de más altura que los de cultivar la tierra. Me dejaría guiar por los destinos que hasta la fecha me habían sido propicios y cedí, más aún cuando Fray Gonzalo conociendo mis amores por Elvira, me dijo que tal criatura merecía otra vida, que en el campo la belleza se marchitaba antes que en la ciudad. Como yo no sabía qué rama de estudios tomar, acepté los consejos de Fray Rodrigo de estudiar teología, pero como mostrara más interés por las leyes terminé por optar al título de bachiller en esa industria.

Aquello suponía que Elvira y yo deberíamos estar separados, y entonces las cartas se ofrecían como el único medio de comunicarnos. Sólo había un problema, ella no sabía ni leer ni escribir, pero eso podía solventarse. Yo era experto en el arte de enseñar y ella mostró un entusiasmo en aprender que casi perjudicó su salud, pues no cesaba de estudiar ni de día ni de noche, robando horas al sueño. Durante las comidas escribía o leía, y los reproches de su madre se volvían inútiles. Aprendió a leer y a escribir en un tiempo que asombró a todos y yo me fui a Salamanca.

Capítulo XXV

Salamanca ❦ Cartas

Qué hermosos fueron aquellos días de universidad. Sólo echaba de menos a Elvira, pero me compensaba el que al final aquello sirviera para casarme con ella. Conocí a muchas personas, e hice buenos amigos, pero es en la adversidad donde se forjan las verdaderas amistades y ninguna como la que conservaba con Alonso y Rodrigo, a pesar de no saber qué había sido de ellos.

Con cada viajero que llegaba a Salamanca procedente de Huelva venía una carta de la gentil Elvira, que yo me aprendía de memoria a fuerza de leerla. Y llegaron muchas, pues ella se las daba a este o aquel que marchaba a cualquier ciudad, y allí el viajero indagaba quién pensaba visitar la noble ciudad de Salamanca. Elvira estableció una red de gentes en la que los frailes no estaban ajenos. Yo hacía lo propio con mis misivas, merced a que hice amigos que sirvieran para tal propósito.

Me esforcé en terminar los estudios cuanto antes, y lo hice en un tiempo muy corto.

Regresé a Huelva para casarme con Elvira.

Ella me sorprendió con un regalo inimaginable, no sé cómo pudo conseguirlo, se trataba del libro *La República* de Platón, aquel por el cual mi entrañable amigo portugués de la Santa María murió. En dicho libro Elvira cosió la página que tanto tiempo conservé. Leyéndolo descubrí los enigmas que encerraba y muchas de las palabras que pronunció mi malogrado amigo a bordo de la nao adquirieron sentido, y también entendí cosas como aquello de que no era suficiente saber leer para leerlo… hay una historia en dicho libro que habla de unos hombres presos en una caverna, que sólo ven las sombras de la vida de afuera y toman esas sombras por realidades. Uno de esos encadenados logra salir al exterior y ve la realidad del mundo y regresa a la caverna para contar su experiencia y los encadenados le toman por loco. El Portugués era un hombre libre y los marineros de la nao, los sujetos a la roca por las cadenas de la ignorancia.

Tras nuestra boda nos trasladamos a la ciudad de Segovia donde comencé a trabajar para un noble de aquella ciudad llevando la administración de sus propiedades, que eran muchas. Pero no satisfecho con tal ocupación, logré, con la ayuda y estímulo de mi esposa, abrir un centro docente, en donde enseñábamos a niños todo aquello que es preciso conocer para mejor entender el mundo y disfrutar de él. Y nacieron nuestros hijos, tres en total. Hasta la llegada del primero, al que llamamos Cristóbal en honor del almirante, no conté a Elvira el asunto del estandarte, pues hubo de pasar todo aquel tiempo para olvidar los quebrantos que causé a don Cristóbal

Colón, el peligro al que expuse a mis amigos y la confusión del nombre…

Mi esposa me reprochó que no lo hubiera hecho antes y no he visto persona en el mundo más halagada y feliz. Aquello me animó y saqué de un baúl, entre mis papeles de estudiante, el dibujo que hiciera de ella Alonso, que tampoco lo había enseñado y que guardaba en secreto, y entonces la felicidad la desbordó y sus ojos se humedecieron por las abundantes lágrimas que derramó. Y desde el mismo momento de conocer la historia albergó, aunque en secreto, la loca idea de ir a visitar algún día aquella isla, "mi isla" decía, a lo que yo rectificaba diciéndole que se trataba sólo de un islote. Sueño imposible el suyo, por aquellas fechas. Pero que se hizo realidad más tarde merced a una afortunada circunstancia.

Capítulo XXVI

Rodrigo ❦ Regreso al islote de Elena

Un día apareció por Segovia un hombre de aspecto noble, indagando por aquí y por allá por mi persona. Dio al fin con la escuela y al tenerle enfrente le pregunte qué era lo que quería. No contestó, sólo sonrió. Era una sonrisa abierta, plena de emocionado afecto y aquel gesto de su cara me aclaró de inmediato su identidad: se trataba de Rodrigo, mi amigo Rodrigo, mi querido y entrañable amigo, el audaz y valiente grumete de la Santa María.

—¡Rodrigo! —exclamé, con un hilo de voz.

—El mismo que viste y calza. Mi querido amigo Blas Tascón —dijo él con las palabras entrecortadas por la emoción.

Y nos fundimos en un abrazo.

Había hecho carrera en el mar, llegando a capitán. Era un hombre que tenía muy alta consideración en el oficio. Llevaba bastante tiempo buscándome y por fin había dado conmigo.

—De modo que esta preciosidad es Elena... ardía en deseos de conocerla, señora.

—Elvira, aclaré...

—Entonces no es... —dijo en un aparte.

—Sí, sí es... pero su nombre no era Elena sino Elvira...

—Entonces...

—Sí...

Y ya en nuestra casa, relató a mi esposa mis desvelos por ella, a bordo de la Santa María. Yo me ruborizaba y ella insistía en que Rodrigo le refiriera todo cuanto aconteció en el barco, lo concerniente a ella y lo concerniente a mí.

Y mi amigo fue generoso en detalles.

Recordamos el viaje y la aventura nocturna para tomar posesión y bautizar el islote y los avatares de aquella noche en que si no perecimos fue porque Dios se apiadó de nosotros, que no porque nuestra imprudencia no fuera digna de ese final.

Hablamos del señor Colón, Rodrigo había viajado con él en un segundo viaje. Éste se emprendió con una flota de 17 barcos y más de mil hombres, las naves llevaban en sus bodegas animales de distintas clases y semillas para que su fruto prendiera en aquellas fértiles tierras. Su rostro se ensombreció cuando me dio cuenta del trágico final de los hombres que quedaron en el fuerte, que dimos en llamar de la Navidad, construido con las maderas de la Santa María, pues todos murieron violentamente, sin que se pudiera determinar a manos de quién, por qué motivo. Sobre sus ruinas se edificó, sin embargo, la primera de las ciudades de las nuevas tierras, que el almirante llamó Isabela.

Rodrigo nos anunció que en breve partiría para esa ciudad y que tenía pensado visitar el islote si las condiciones eran propicias, tan sólo por recordar aquella aventura de juventud, y en ese instante el rostro de Elvira se iluminó por una intensa emoción.

Insistió en que Rodrigo parara en nuestra casa unos días y le cuidó con las atenciones de un príncipe. Hizo para él las mejores comidas y compró los mejores vinos, llegando a acabar con nuestros ahorros, y todo ello con comentarios sutiles para que accediera a llevarnos a los dos en su viaje a la Española.

—Es un viaje lleno de riesgos, y una mujer a bordo... —advirtió.

—Y tú, Elvira, temes el mar... —decía yo.

—Ya no lo temo, y menos aún en un barco capitaneado por tan buen marino.

Elvira no desistía, tan grande era su deseo... y al final Rodrigo sucumbió a sus hábiles maniobras.

Y llegó el día del viaje, partimos del puerto de Cádiz y Elvira no cabía de gozo. Era un día lluvioso y desapacible, pero ella no reparaba en cosas sin importancia.

No fue una travesía tranquila, sufrimos fuertes temporales, pero nada desanimaba a mi esposa que estaba dispuesta a pelear con el mismísimo diablo por conseguir su propósito. Se pasaba el día mareada, y apenas podía comer, pero jamás desapareció la sonrisa de su rostro y ni una queja salió de sus labios.

Arribamos a la Española cuando atardecía y a la mañana siguiente, a bordo de un bote nos acercamos al islote. El corazón

de los tres latía apresuradamente por la emoción. No esperábamos ver el estandarte, tantos años habían pasado, pero quizás diéramos con el lugar donde lo dejamos. De pronto, como si de un hecho milagroso se tratara, nos topamos con él. Allí estaba, rasgado y descolorido, pero reconocibles sus imágenes y firme sobre el suelo. Quince años después, resistiendo los vientos, el sol y las lluvias. De pronto reparamos en un detalle, el palo que lo sujetaba estaba reforzado por otro, y puede que eso le ayudara a resistir. No tuvimos que esforzarnos en saber de quién se trataba, sin duda de Hunanami, seguramente todos aquellos años lo estuvo cuidando, un acto de amistad que nos conmovió a los tres. Fue un momento inolvidable, sólo faltaba Alonso. Dejamos el islote y la enseña. Luego visitamos la aldea de Hunanami pero nos dijeron que había muerto no hacía mucho tiempo, y lamentamos no haberle podido ver una vez más y decirle que no nos habíamos olvidado de él. Como era el momento de las tristezas, Rodrigo me llevó hasta aquel lugar que dimos en llamar el paraíso terrenal, cuyo secreto siempre mantuvimos inquebrantable. Ya no existía, los españoles habían descubierto el oro de la bóveda, lo habían arrancado y habían arrasado el lugar ebrios de codicia, lo abandonaron cuando concluyeron que ya no quedaba nada más. Tal vez aquello acabara con la vida de nuestro amigo, quién sabe…

Ya de nuevo en España nos despedimos de Rodrigo, que incansable, emprendía otro viaje.

Elvira estaba emocionada y no había noche que no relatara a nuestros hijos lo que su padre había hecho en aquellas tierras, y también lo que ella había visto, y los niños salieron a su madre y reclamaban hasta el más insignificante de los detalles.

Creo que llegué a maldecir al señor Colón por haberme obligado a embarcarme en la Santa María y condenarme a tener que relatar de por vida los acontecimientos que tuvieron lugar en aquella travesía.

Capítulo XXVII

Alonso ❦ El conde di Ventura ❦ Leonardo da Vinci

No podría terminar este relato sin hacer mención de nuevo a mi querido Alonso, y no relatar lo que fue de él, de cómo le fue en la vida. Para tal propósito debo volver atrás en el tiempo y situarme en el momento de la amarga despedida en Palos para irse a trabajar con aquel contador de historias ambulante. Con él recorrió gran parte de España durante casi dos años, tiempo este en el que ahorró algún dinero, privándose de ropa y comida, todo ello con tal de poder emprender el viaje a Italia y costearse su aprendizaje en el taller de aquel artista de Génova que le recomendara el señor Colón. Su carta, la que conservó durante todo aquel tiempo como si del mejor tesoro se tratara, fue el estímulo para resistir tantas penalidades como pasó. No se portó mal el contador de historias con mi amigo, sobre todo en los últimos meses. Con el tiempo llegó a considerarle como a un hijo. Para él pintó docenas de sucesos trágicos que ocurrieron en España por aquel tiempo, y las gentes de los lugares se asombraban con la perversidad del ser humano, con sus locuras, con sus ambiciones y también con sus grandes pasiones, que la obra que Dios creó es capaz tanto de las acciones más bajas y groseras como de las sublimes. El contador de historias sintió su marcha, pero no le retuvo, sino que le animó en su propósito, sabiendo lo que para él significaba. Su amo de aquellos años le dio una bolsa de dinero que Alonso agradeció.

Partió mi amigo con gran ilusión hacia su incierto destino; pero la adversidad se ensañó con él. Al poco de adentrarse en Italia, unos salteadores de caminos le dejaron sin el dinero que con tanto sacrificio había logrado reunir y a poco estuvieron de arrebatarle también la vida, pues fue golpeado con saña en todas las partes de su cuerpo y dejado medio muerto al borde de un camino. Herido como estaba continuó su camino hacia Génova. Alimentándose de la caridad de las gentes y de este trabajo y aquel otro... No teniendo allí parientes ni dinero vagó durante un tiempo por las calles de la ciudad. No era un mendigo, aunque vivió algún tiempo con estos desheredados de la vida, porque en su cabeza había telas inmaculadas que él soñaba con llenar de figuras y paisajes hermosos. Él no era un mendigo desarraigado, sino un artista al encuentro de la perfección de su arte y de la gloria. Y en su soledad no podía reprimir el deseo de ejercer el don aquel que Dios le había concedido, y un día dibujó el rostro de una madona sobre un muro con la sola ayuda de un trozo de carbón. Exhausto Alonso, pues llevaba dos días sin apenas comer, quedó dormido junto a su obra y quiso la fortuna que pasara por el lugar un noble que quedó asombrado con aquella imagen. Mandó parar el carruaje en el que iba, bajó de él y observó la obra con detenimiento. Despertó Alonso y aturdido pidió perdón por su osadía y se dispuso a limpiar la pared. El noble detuvo su débil brazo con el suyo fuerte y le preguntó si era suya aquella cabeza, Alonso asintió y volvió a pedir perdón. Y el italiano esbozó una sonrisa y dijo en correcto castellano:

—Sois español, noble nación. Tengo parientes allí —y añadió—: ¿Queréis hacerme el honor de venir conmigo a mi casa y hablar sobre arte? Me presentaré, soy el conde Ángelo di Ventura.

Alonso no dijo nada, y más aturdido aún que al despertar, subió a la carroza sin sentir sus piernas.

—Esperadme un momento, enseguida estoy con vuestra merced —y el conde habló unas palabras con un tendero de un establecimiento cercano señalando el muro pintado, luego regresó a la carroza.

—Disculpad mi demora, pero era preciso resolver un asunto de vital importancia.

Nadie en todos los días de su vida había hablado de aquel modo a mi amigo. Él no sabía qué hacer ni qué decir, no se atrevía a sentarse por no manchar con sus ropas el terciopelo de la carroza.

El conde Ángelo di Ventura era de la ciudad de Florencia y se encontraba en Génova en viaje de negocios. Cuando visitaba Génova residía en una lujosa mansión, que él llamaba la *casita.* Allí Alonso se quitó la suciedad que acumulaba su cuerpo de vagabundo, un baño le reconfortó y le reconcilió con el mundo. Luego comió y se vistió con ropas nuevas, se le adjudicó un lujoso cuarto, sólo quiso probar la blanda cama y el sueño como una hambrienta fiera le atacó de improviso y el pobre muchacho durmió durante dos días seguidos.

—¿Duerme aún? —preguntaba el conde a la criada.

—Aún duerme, señor.

—No le despertéis —ordenaba y luego decía para sí—, alguien que en tal estado de desnutrición y agotamiento es capaz de pintar de ese modo, ¿qué hará cuando este descansado y con el estómago lleno?

Cuando Alonso se hubo recuperado tuvo que contestar a varias preguntas sobre su origen, su vida y su arte. Pero al referir con vaguedad su viaje a bordo de la Santa María, el semblante de Ángelo di Ventura cambió por completo, sus ojos se iluminaron y sólo pudo susurrar.

—¿Es cierto que navegasteis con el almirante don Cristóbal Colón en su primer viaje? ¿Es cierto que habéis estado en esas tierras?

Alonso ignoraba que ya se conocía en muchas naciones el gran viaje, y la fama de don Cristóbal Colón era grande. El acontecimiento provocaba gran admiración y entusiasmo en las gentes. El destino, o Dios, pues ambos vienen a ser la misma cosa, quisieron que, unida a su afición por el arte, el noble italiano sintiera obsesión por las cosas de la mar y también por los enigmas de la tierra.

Siendo también un humanista, esto es, amante de la obra suprema de Dios, se sentía firmemente atraído por los espíritus puros y pronto supo que Alonso era bueno, y decidió convertirse en su protector.

Al término de sus negocios el noble italiano volvió a Florencia llevándose con él a Alonso, más le hubiera valido a mi amigo haber callado el extremo del viaje con Colón, pues hubo de relatar los detalles de tal grande gesta hasta la saciedad a unos y a otros. Su señor convocaba a amigos en sus salones y les ofrecía como el mayor regalo el relato de Alonso, y como él aprendiera el arte de narrar de su antiguo patrón y se sentía agradecido, ponía todo su entusiasmo en las palabras, y para no defraudar a su protector ponía y quitaba en sus relatos esto o aquello dejando a las gentes entusiasmadas. Era como volver a su antiguo trabajo, sólo que en lugar de contar sus historias en la plaza embarrada de una aldea perdida, lo hacía en un palacio suntuoso, y en ocasiones sus palabras eran acompañadas del sonido de un órgano. Su auditorio no eran los desarrapados campesinos, sino gentes nobles, banqueros, rentistas y comerciantes ricos; pero no se diferenciaban demasiado en su pasión por los sucesos. Y para ellos no había otro que igualara en importancia al descubrimiento de las nuevas tierras. Es preciso decir que para entonces Alonso ya se defendía con la lengua de Dante, pues la adversidad te obliga a aprender deprisa, pero como lo aprendiera por los caminos y en las chozas de los campesinos, lo primero que hizo su protector fue ponerle a Alonso un maestro que ayudara a perfeccionar y refinar aquella lengua.

—Ven Alonso, quiero enseñarte algo —dijo el conde Ángelo di Ventura, con gesto de misterio—, cierra los ojos y no los abras hasta que yo te lo diga.

Alonso obedeció intrigado y se dejó conducir a través de los pasillos del palacio.

—Ahora ábrelos.

El italiano era dado a las bromas y a los excesos. Era famoso por sus ocurrencias. Pero aquello superaba todo lo anterior. Alonso se encontró de pronto frente al muro donde dibujó la imagen de la virgen estando en Génova, aquella que sirvió para que le descubriera su protector. Se alzaba junto a la pared, y rematado de mármol.

—Era demasiado hermosa para que se perdiera y compré aquel trozo de muro, lo más complicado ha sido su trasporte. Pero creo que ha valido la pena.

Alonso no sabía qué hacer ni qué decir.

Como el tiempo pasaba y parecía que aquello de la pintura había sido relegado por su aventura descubridora, tuvo que recordarle a su protector el deseo de aprender arte, y fue entonces cuando reveló la carta de recomendación que le diera el señor don Cristóbal Colón. Lo primero que hizo su protector fue asombrarse de tener en sus manos una carta escrita del propio puño del almirante. Aquello era algo magnífico y le reprochó a Alonso el que no se la hubiera mostrado antes. Enseguida la dispuso en una vitrina lleno de orgullo. Algunas de sus amistades habían osado poner en duda que el muchacho aquel hubiera navegado a las ordenes del gran almirante. Pero aquella prueba era irrefutable y unos días después mi amigo expresó de nuevo su deseo de ir a aprender al taller recomendado y, para asombro de Alonso, su protector comenzó a reír a carcajadas. Pasados unos momentos, ya recuperado de tal ataque dijo exhausto:

—El almirante don Cristóbal Colón es sin duda un buen conocedor de las cosas de la mar, tal vez no haya en parte alguna otro tan hábil como él, su hazaña nos ha dejado a todos asombrados, ha ensanchado el mundo; pero me temo, mi querido Alonso, que nuestro almirante es ignorante en materia de arte. Ese taller al que con tan buena fe te recomendaba es un lugar mediocre, y su propietario un mediocre artista, y ser mediocre es peor que ser malo, poco te podría enseñar, mi querido Alonso, el maestro Bonini, que nada tiene de maestro. Él debería pagarte por aprender de tu virtuosismo, aunque dudo que pueda aprender de alguien semejante mostrenco.

Hizo una pausa y luego añadió con tono solemne.

—Sólo hay un artista capaz de enseñarte lo que te queda por aprender, el mismo que enseñó al gran Leonardo: Andrea del Berrocchio.

Alonso no conocía a tal pintor, pero le sonaba el nombre de Leonardo por haberlo oído mencionar al italiano en la posada aquella de Palos donde nos hospedamos tras el gran viaje. Y al oírlo sus ojos se le iluminaron. Y sólo pudo decir como en un suspiro:

—¡Leonardo…!

—¿Quieres conocerle? ¿Quieres verle pintar? Se encuentra en Milán, trabajando en un mural del convento de Santa María delle Grazie. Viajaremos hasta allí. Tengo buena amistad con él, nos mostrará su trabajo.

Y el conde dispuso de inmediato una carroza para el largo viaje.

Sorprendieron al gran Leonardo retocando el rostro de Cristo, era la figura central de una santa cena que ocupaba toda una pared del refectorio. El artista tardó en advertir su presencia y ellos procuraron no distraerle. Alonso quedó extasiado viendo al maestro posar su pincel delicadamente sobre el muro, fue aquél el momento más sublime de su vida. Luego el artista se retiró de su obra y observó lo que había hecho y fue entonces cuando el noble le habló.

—Maestro Leonardo.

—¡Ángelo di Ventura! —dijo él con una amplia sonrisa en los labios.

—Quiero que conozcáis a Alonso, es un virtuoso de la pintura.

Y Leonardo juntó su mejilla a la de mi amigo como señal de amistad, y allí mismo impartió la primera lección:

—He querido comenzar con la cabeza y el cuerpo de Cristo, y terminarlo todo, con sus luces y con sus sombras. Y a partir de ahí él será el que dé vida a los apóstoles, yo seré mera herramienta suya... Ellos comenzarán a surgir por el mismo orden en que se fueron uniendo a él, según se dice en las sagradas escrituras...

No era hombre presuntuoso, sino delicado en el trato y humilde hasta la desesperación.

Vio otro día el gran Leonardo los trabajos de Alonso y le mostró su admiración extrañándose de que no hubiera tenido maestro y le propuso que fuera ayudante suyo en aquella obra que le ocupaba. No podía Alonso aspirar a mayor gloria. Y comenzó aquella misma tarde y Leonardo le explicaba esto y aquello sobre el arte de la pintura, la escultura, y también sobre botánica, y le contaba sus inventos, que iban desde máquinas de guerra hasta un artilugio con el que pretendía volar, y a cambio él tenía que relatarle las vicisitudes de nuestro viaje con el almirante don Cristóbal Colón en cuanto supo el artista que había participado en tan grande empresa. Y no calló Alonso los detalles ni apenas hubo secretos para con Leonardo; le relató lo de la imagen de la vela, que hasta entonces había mantenido en secreto y el asombro que aquello causó en las tripulaciones; no ocultó lo del islote de Elena... y las dudas y desasosiegos que aquello creó en el almirante... Y unas cosas suscitaban el asombro del artista y otras su risa. Le era grata al gran Leonardo la compañía de mi amigo, con frecuencia le pedía que acudiera con él al mercado, y allí el pintor compraba palomas, conejos y otros animales a los que luego ponía en libertad. Lo que también causaba asombro en mi amigo.

Algunos años después, Alonso entró a formar parte del gremio de pintores de Florencia, donde fue conocido como el Hispano.

Alonso visitaba España con alguna frecuencia. También hizo lo posible por hallar el paradero de sus amigos de la Santa María, y al fin dio conmigo.

Y la emoción nos embargó a ambos al vernos y abrazarnos. Estuvo en nuestra modesta casa, no puedo contar con palabras la alegría que provocó en mi esposa, ella le dio las gracias por el trabajo del estandarte y por el retrato. Mandé entonces correo a Rodrigo, que preparaba un viaje en Barcelona, lo canceló y vino a nuestra casa. Fueron días espléndidos, magníficos, inolvidables. Le relatamos el viaje hasta la Española y sintió no haber estado allí de nuevo.

Tuvo empeño Alonso en hacer un nuevo retrato a mi esposa, esta vez en una tela convenientemente preparada y con pinturas al aceite. Tardó un mes en terminarlo, el resultado fue una obra magnífica en donde ella aparecía en todo su esplendor, detrás de ella un paisaje exuberante que reconocimos como el del islote, resuelto con la técnica del *esfumato* que aprendiera del gran Leonardo da Vinci. Cuando anunció su partida por el mucho trabajo que tenía acumulado, mi esposa y yo nos sentimos abatidos. Y él nos hizo prometer que viajaríamos hasta Florencia no tardando mucho.

No hace ni un año recibimos una caja de madera que venía de Florencia, la traía un comerciante italiano que venía a España en viaje de negocios. La abrimos emocionados y vimos que contenía un cuadro. Lo que representaba no podía ser más conmovedor: cuatro muchachos en una isla, clavando un estandarte en su suelo… al fondo una barca se agitaba entre las olas…

Ese cuadro adorna nuestra casa y con frecuencia descubro a Elena mirándolo en silencio; sí he dicho Elena, pues mi esposa quiso que siguiera llamándola por ese nombre, renunciando al de Elvira.

Con frecuencia viajo hasta Huelva y siempre subo la colina que lleva al monasterio de la Rábida con el corazón agitado por la emoción. Visito a Fray Gonzalo, al que sus débiles huesos no le permiten abandonar el lecho, donde conversamos un rato. Cuánto agradece él esas visitas mías, y cómo agradezco yo esa sonrisa de felicidad con que me saluda. Luego me pierdo en las estancias del monasterio, por el claustro… por la capilla, por el huerto. Converso un rato con la estatua de San Francisco… Que los recuerdos son los lazos que unen una época temprana con la edad adulta. Cuando has cambiado tanto que no pareces el mismo, ellos, los recuerdos, te susurran al oído quién eres y de dónde procedes. Lo cierto es que yo poco he cambiado, el mar sigue sin atraerme, no me subí a un barco por tercera vez. Seguía creyendo, como me enseñó Fray Gonzalo, que ese territorio pertenece a los peces y que si Dios hubiera querido que nos introdujéramos en él nos hubiera dado aletas y escamas. Tampoco me sentí atraído por la aventura, ni tuve aptitudes para el arte. No me convertí en fraile franciscano, como quería de pequeño, en eso sí modifiqué mis pensamientos, aunque no del todo, pues me sentí toda mi vida vinculado a aquellas ideas que hablaban de compartir, de humildad... ¡ah! y desde luego esa creencia que supone que toda criatura que es capaz de amar la vida es ya merecedora de ella. No dejé nunca de llamar hermanos a perros y gatos...

Mis dos amigos son personas ilustres: Alonso es un afamado artista y su taller es frecuentado por los nobles de todos los países. Rodrigo sigue aumentando su prestigio en la mar y manda flotas. Yo, tan sólo, un modesto maestro que ejerce en una modesta ciudad y que mantiene a su familia con un modesto salario... Cada uno ha de buscar su sitio en la vida. Hay personas que están hechas para la gloria, otras, en cambio, han de conformarse con una vida sencilla y tranquila. Unos sueñan llegar al sol y otros se dan por satisfechos con el regalo de sus cálidos rayos, cuando el astro tiene a bien el concederlos.

Capítulo XXVIII
Colón

Del señor don Cristóbal Colón no volví a saber más, tan sólo que viajó a aquellas tierras otras dos veces, la primera de ellas para comprobar que el llamado fuerte de Navidad, como ya me relatara Rodrigo, había sido arrasado y los hombres que allí dejamos muertos todos, e imagino su sufrimiento de aquellos días. Pero las lejanas tierras ya eran parte de España y de los reyes. Su prestigio de marino fue aumentando con el correr de los años. Había descubierto un nuevo mundo, un mundo que nos era desconocido y a mí se me permitió participar de ese hecho trascendente. No volví a verle más. Supongo que alguna vez se acordaría de mí. Aquel grumete enclenque, del que se sirvió para detener un motín. Y que le leía historias antes de dormir…

Índice